「わ、プリンがきた！」
Illustration :
Haru Suzukura

セシル文庫

極道のベビーシッターなんてゴメンです!

森本あき

イラストレーション／鈴倉 温

◆目次

この作品はフィクションです。
実在の人物・団体・事件などに
一切関係ありません。

極道のベビーシッターなんてゴメンです！

自分とは無縁の世界だと思っていたし、無縁のままでいたかった。
それなのに、いま、その中にいる。
自分の気持ちも、よくわからないまま。

1

「春休みだというのに海外旅行に行くわけでもなく、長期のバイトに出かけるわけでもなく、見聞を広げるつもりもお金を稼ぐつもりもない大学一年生のあなた」

相原凪《あいはらなぎ》が部屋でごろごろしてたら、母親が突然入ってきて、そんなことを言い出した。

これはいやみでもなんでもなくて、ただ単に感想を述べているだけ。悪気はまったくない。だから、よけいにタチが悪い。

いわゆる天然というやつだ。

「そんな凪に素敵なプレゼントがあります！」

「いらない」

母親がこんなことを言い出すときはロクなことじゃない。これもまた、いままでの経験でわかっている。

「あなたに拒否する権利はありません」

「あるよ！」

なんで、ないんだ。だれにだって拒否する権利ぐらいある。

「明日からベビーシッターをしてね」

人の話を聞け！　なんで、さっさと話を進めてるんだ。

っていうか、ベビーシッター？　子供の世話をするやつ？

「無理です」

凪は一人っ子だから、小さい子供のお世話なんてしたことがない。まだ十九歳で、友達が結婚して子供を産んだ、ということもない。

つまり、幼児が身の回りにいたことがない。

できるわけない、どう考えたって。

「大丈夫よ。だれだって、なんの経験もないまま最初の子供を産むんだから。そして、みんな、ちゃんと育ててる。だから、あなたにだってできるわ。というわけで、明日からベビーシッターをしてちょうだい」

すごい理由だな！

「だから、いやだってば！」

慣れない大学生活を一年間終えて、春休みは始まったばかり。しばらくごろごろしていたい。

「あのね、凪」

母親がにっこりと笑う。

「うちは商売をしているの」

「は？」

父親は大手企業の役員で、母親は専業主婦。

いったい、いつ商売をしたというのか。

「わたしの実家よ」

「ああ！」

母親の実家は代々つづく呉服屋《ごふくや》だ。祖父が何代目かの店主で、そのうち母親の兄が継ぐことになっている。上流階級のお客さんも多く、着物がそんなに売れないこのご時世《じせい》でもかなり儲《もう》かっているらしい。

着物そのものはこれからどんどん売上が落ちていくと見込んで、反物《たんもの》の端《はぎ》切れを使っていろいろな小物を作っていたら、それがかわいいと評判になり、通販で全国各地からかなりの申し込みが来ているのだとか。今年の夏ぐらいからは海外にも手を広げる予定だという。

しばらくは潰れなくてすむ、と去年のお盆《ぼん》に遊びに行ったときに聞いた。

時勢をきちんと読んでる人は生き残るんだな、と感心したものだ。

「おじいちゃんたちは元気？」

「元気よ。そのおじいちゃんから頼まれたの。お得意様が困ってるんだけど、だれかいないか、って」

「ベビーシッター？」

「そう」

母親はうなずいた。

「こういうときに暇《ひま》な息子がいると助かるわね。凪をどうぞ、って即答できたわ」

「暇じゃないとは言わない」

だって、こうやってごろごろしてるんだし。

「だけど、おばあちゃんちは遠いし、バイトしてる間、ずっといるのはいやだ」

東京からだと新幹線で二時間、そこから在来線で一時間。繁華街からは離れていて、高級住宅街にある。

つまり、周りには何もない。バイトしているとき以外はずっと祖父母の家にいることになる。

何日か遊びに行くのなら歓迎してもらえる。だけど、長期間いるのは、いくら親族といえどもトラブルのもと。そのぐらい、凪でもわかる。

「大丈夫よ。こっちの人だから。っていうか、こっちの人じゃないなら、お店のだれかがやるわよ」

あ、そうか。

「こっちにもお客さんがいるんだ？」

東京には東京で呉服屋があるのに。

「もちろんよ。お得意さまは全国にいらっしゃるの。その人たちを失うわけにはいかないから、明日からよろしくね」

ちょっと待って！　まったく意味がわからない。

「だから、明日からよろしくしたくないんだってば！　なんで、俺が行かなきゃいけないのか、って聞いてんの」

「あなた、なんとかしてくれない？　って親に頼まれたら、いいわよ、って答えるものなのよ。それが親孝行なの」

こっちをじっと見ながら言われてもね。そんな親孝行はしない。ちゃんとした理由がないかぎり、ごろごろライフを選ぶ。

そもそも、頼まれたのは母親で…、あ、そうだ！

「だったら、母さんが行けばいいじゃん。母さんなら子供を育てた経験があるし、家事もできるし、俺よりよっぽど適任だよ」

「女性はだめなのよ」

「なんで？」

ベビーシッターって女の人の方が多くない？

「いろいろな規則でだめなんだって。なので、明日からベビーシッターをよろしくね」

「やりません」

「やらないなら、家から出ていってもらいます」

「は？」

「家族が本当に困って助けを求めているのに、それを跳ねつけるなら、もう家族じゃありません。お母さんは本気です」

たしかに目が本気だ。

「そんなに困ってんの？」

「そんなに困ってなければ、あなたを送り込むわけないでしょう。凪をあの世界に関わらせていいのかしら、という心配もあるのに」

「まあ、とにかく、わたしたちとしては苦渋《くじゅう》の決断なの。だからといって、それを押しつけるのもどうかと思うから、凪が決めていいわ。ベビーシッターをするか、うちと縁を切るか」

　いや、教えてよ！

「行けばわかるわ」

「あの世界？」

　ちょっと待って！　片方の比重が重すぎない？

　縁を切るのはやりすぎだろう、どう考えたって。

　でも、そこまで困っているんだ、というのはひしひしと伝わってくる。

「期間は？」

「三日ぐらいって聞いているわ」

「それを先に言ってよ！」

　春休み中やらされるのかと思っていた。三日だけなら、別にいい。

「やるよ、三日なら」

「あら、そう。よかったわ。それなら、明日の朝、わたしが送っていくわね」

「え、送ってくれんの？」

地図でも渡されて、ここに行って、と言われるかと思っていた。

「場所がややこしいから。表から入るわけじゃないみたいだし」

「そうなんだ」

お金持ちの世界ってわかんないな。

凪の家もそこそこ裕福ではある。都内に一軒家を持っていて、年に何度か国内、海外問わず旅行をして、大学に行くのにお金の心配なんてなくて、おこづかいもかなりの額をもらっている。おかげで、凪はバイトをしたことがない。

それでも、上流階級とはまたちがう。働かなくても食べていける、お金の心配を一切しなくていい、そういった人たちは別世界に住んでいる。

「ああ、よかった。肩の荷がおりたわ」

母親が本当にほっとしている。

「おじいちゃんたちに報告してくるわね。明日は朝九時には出るから、よろしくね」

「わかった」

凪はうなずく。

小さい子供は別にきらいじゃない。それに、将来、結婚したときに、ベビーシッターをした経験が役に立つかもしれない。

うん、まあ、悪い仕事じゃない。

家族の役に立つならがんばろう。

たった三日だ。

あっという間に過ぎるにちがいない。

だから、大丈夫。


「はあああああ？」

凪は目の前に見える光景に、大きな声をあげた。

「ここよ」

母親は涼しい顔をしている。

「知ってたの!?」

凪は運転席に座っている母親に、身を乗り出して抗議した。

「何が？」

「だって、ここ…」

どう考えてもヤクザの家だよね!?

白壁に囲まれているのは重厚な日本家屋。門には立派な屋根がついていて、大きな木の看板がかかっており、立派な字で『門傳組《もんでん》』と書かれていた。

凪だって知っている。かなり大きなヤクザ組織だ。

「お得意様よ」

「ヤクザが!?」

「とんでもない値段の着物をたくさん買ってくださる方は、みんな、お得意様なの。職業差別はだめよ」

ヤクザって職業なのか？　という疑問はこの際おいといて。

「反社会的な活動する人たちを差別するな、っていうのはちがうと思う」

差別じゃない。これは嫌悪だ。

だって、ヤクザだよ？　この世できらいなものは？　と聞かれたら、凪の中ではかなり上位にくる。そんなところでベビーシッターなんてしたくない。

ちょっと待って！

「もしかして…ベビーシッターって後継ぎの面倒を見るわけ？」

何かあったら、指の一本や二本なくなりそうな仕事はいやに決まってる。それ以前に、ヤクザのところでベビーシッターなんかしたくない！

「俺、帰る！」

「凪」

母親がまっすぐに凪を見た。

「あなたがもしここで家に帰ったら、お店が潰れるわよ」

「ヤクザってそんなことするの!?」

昔はそれこそ、そういう暴力的なことを平気でするイメージだったけれど、法律ができてから変わったんじゃなかったっけ？

「だから、それはあなたが帰ったら、の話よ」

母親が肩をすくめた。

「こっちがきちんとしていれば、無茶は言わない。富裕層よりもよっぽどいいお客様なの。そのお客様が、どうにかならないか、って普段ならしない頼みをしてきて、わかりました、ってうちは答えた。だったら、その約束は遂行されるべきでしょ」

「そもそも、なんでうちなんだよ」

ヤクザなら、ツテはいっぱいありそうなのに。

「うちなら、絶対に外に漏らさない、って信用されているの」

母親は誇らしげに言う。

「どうでもいい秘密を投げかけて、どこが漏らしたか追跡して、そういう相手を排除して、残ったのがうちだった。そんなことをおっしゃっていたそうよ。よかったわ、口が堅い従業員ばかりで」

「俺がばらすよ！」

絶対にばらす。だって、ヤクザの仁義《じんぎ》とか知らないし。

「だからね、あなたが何か言ったら、おじいちゃんのお店が潰れるの。おじいちゃんとおばあちゃんがあの年齢で路頭に迷うのはもちろん、兄の家族も、従業員さんもその家族も、お店の取引先の人たちも、全員、生活ができなくなる。だけど、お父さんの仕事には関係ないから、わたしたちはいままでとおなじ生活ができるわ。そうね。おじいちゃんたちのことなんか忘れて、楽しく過ごしましょう」

ずしっ、と重荷が体中にのしかかった。

自分が不用意なことをするだけで、それだけの数の人が迷惑を被る。

そのことにはじめて気づいた。

そんなこと、できるわけがない。

「…ヤクザだって最初に言わないのは卑怯だと思う」

これが、せめてもの抵抗だ。

「え、言わなかったかしら？」

「絶対に言ってない！　だって、ヤクザのところだって聞いてたら、断ってる！」

「どうして？」

「ヤクザと関わりになりたくないから！」

「大丈夫よ。おじいちゃんは長いつきあいだけど、これまで何かされたことは一度もないから。一般人には手を出さないわよ」

…なるほど。

いや、でも！

「俺が逆らったら店が潰れるんだよね？」

やっぱり手を出されるんじゃん！

「だから、それは仁義ってやつよ。約束さえ守っていればいいの。あなたは引き受けた。だから、それを遂行する。何週間かのことなんだから、あっという間に過ぎるわ」

「…え？」

何週間…？

「ちょっと待って！　三日じゃないの！」

「最低でも三日、状況次第で時間が延びる、それでもいいか、って聞かれたから、春休みが終わるまでなら、って答えておいたわ。だから、最長で二ヶ月？」

冗談じゃない！　二ヶ月もヤクザのところにいてたまるか！

「母さん！」

「なあに？」

母親が不思議そうな表情を浮かべる。

…この人、本当に天然で何もわかってないんだよね。だから、困る。

コンコンと助手席側の窓をノックする音がした。凪は、びくっ、と体をすくませる。

「はーい」

母親は窓を開けた。

開けるな！　ヤクザの家の前だよ！　危険じゃないかっ！

「相原さまですか？」

どう考えてもチンピラにしか見えない、アロハシャツに銀のネックレス、パンチパーマの若い男がそう聞いてきた。

「そうです」

「どうぞ、中にお入りください。車のままで結構です」

「この玄関から？」

正面突破しようとするな！　討ち入り？　カチコミ？　なんて言うんだっけ、よくわからないけど、それとまちがわれるわ！

「いえ、さすがにそれは。裏に駐車場がありますので、このまままぐるっと回っていただいて、そちらからどうぞ」

「わかりました。すみませんね、よくわからなくて」

「いえいえ、わかりにくいですよね。こちらこそ、早く教えなくてすみません」

男は、ぺこり、と頭を下げる。

…格好はいかにもチンピラだけど、口調とか礼儀とか、そういったのはちゃんとしている。ヤクザはしつけに厳しいんだろうか。

「裏に着いたら、また別の者が待っていますので、その指示に従っていただければ」

「はい。ありがとうございます」

「こちらこそ、今回はありがとうございます。助かります」

深々と頭を下げる男に、へえ、と凪は感心した。

なるほど、何もしなければ、いい商売相手だというのはなんとなくわかる。こっちを尊重してくれるのが伝わってくる。

「それでは、よろしくお願いします」

男は車から離れた。母親が窓を閉めて、ぐるりと壁の周りを走らせる。

広っ！

凪は驚く。

郊外とはいえ、こんなに広い場所を確保するのはかなり大変だろう。

「広いわねえ」

母親はのんきにそうつぶやいた。

「ねえ、母さん」

「何かしら」

「やっぱり、俺じゃ無理だよ。母さんがやんなよ」

「だから、言ってるでしょ。こういうところは女性が住み込んじゃいけないの。奥さんですら、別宅に住んでいるらしいわよ」

なんか、映画で見たことがある気がする。

いや、でもさ、二十一世紀にもなって、女人禁制とか古くない？　変わっていこう。今日から女性でもよくしてさ。いまはベビーシッターが必要なんだし。

「もし、女の人でもいいですよ、って言われたら、母さんがやる？」

「やるわよ！」

母親は目をきらきらさせた。

「だって、小さな子供の面倒をまた見られるのよ？　かわいいんだから、小さい子って。あ、凪がかわいくないとかじゃないわよ。やきもち妬《や》かないでね」

「妬かないから、ぜひ面倒を見てください」

いくらでも譲る。

そんな話をしていると、だれかが手招きしているのが見えた。今度は壮年の男。シャツにパンツという普通の格好をしている。どうやら、裏門に着いたらしい。

「あれ…」

いつの間にか、白壁から頑丈なコンクリートの壁になっている。どこかに裏門があるはずなのに、まったく切れ目がない。あと、監視カメラが何台か見える。

表の、いかにもヤクザのお屋敷、みたいなのとはちがい、こっちは完全防備だ。

窓を叩かれて、母親が開けた。

「相原さんですね？」

「そうです」

母親がにこやかに答える。

「少々お待ちください」

男が合図をすると、白いコンクリートの中央が奥に開いた。

すごい！　門だとわからない造りなのに、ちゃんと門になっている。ハイテクだ。

「どうぞ」

そう言われて、母親が中に進む。そこには広い駐車場。

格式があって古そう、という見かけとはちがって、ものすごく近代的だ。駐車場から家までは歩きやすく舗装された道。全然ヤクザっぽくない。

車から降りると、もう門は閉まっていた。一切、音がしないのもすごい。

「それではご案内いたします」

「はーい」

母親がにこやかに答えた。

いつも楽しそうでいいね。

母親と二人で男についてしばらく歩くと、屋敷の裏口に着いた。そこから入ると、かなりの空間が広がっていて、あちこちに道具が置いてある。

…危険なものじゃないよね？　さすがに、見えるところにそんなものはないと思いたい。

「土間《どま》ですね。なつかしい」

母親が楽しそうに言う。

「よくご存じで」

へえ、こういうの土間って言うんだ。

「うちもこうでしたから」

え、そうだっけ？　記憶にはない。そもそも日本家屋に住んだことすらないと思う。

「若本《わかもと》さんのところ、そうでしたか」

若本は母親の旧姓で、祖父がやっている呉服屋の名前だ。

「さすがに不便で建て替えましたけど、こうやって土間にいろいろな道具を置いて、反物を染めたりしてたんですよ」

そっちの話か！　まったく知らなかった。祖父宅はいまでも日本家屋ではあるけれど、こんな土間はない。

そういうものだと思って見ると、なかなか風情《ふぜい》があるように思えるから不思議だ。

土間の奥には長い木の段があった。ここが裏玄関のようで、そこで靴を脱ぐ。そこからは木の廊下がつづき、男につづいて進んでいく。木の床は足に心地いい。

「きれいに掃除されていますのね」

「掃除は業者に入ってもらいます。さすがに自分たちでやるには広すぎるんで」

あ、そうなんだ。なんとなく、舎弟《しゃてい》たちが総出で掃除するような気がしていた。

しばらく歩いてから現れたふすまの前で、男は正座をした。

「親分、入ります！」

うわ、やだな…。

こういった形式ばったあいさつ、本当に苦手だ。いかにもヤクザっぽい。

「ばかやろう！　組長と呼べ、組長と！」

どっちでもいいじゃん。親分だろうと組長だろうと、そんなに変わらなくない？

帰りたい。心の底から帰りたい。

それでも、さすがにここまで来て帰るわけにはいかない。とんでもなく不本意だけど、凪だって祖父のお店が潰れたら困る。

たった三日…じゃないんだった！　なんか、いろいろごまかされてる！

「失礼しました！　組長、入ります！」

「おう、入れ！」

あー、やだやだ。すごくいやだ。

男がふすまを開いた。ずらり、と人が並んでいたらどうしよう、と思ったけれど、中には組長一人だけ。

組長は総白髪《そうしらが》のものすごく渋い男だった。総白髪とはいえ、そこまで年齢がいってはいない。たぶん、五十代ぐらいだろう。顔に皺が少ないし、肌艶もいい。顔もそこそこ整っている。この年齢でも、かなりモテそう。

黒い着物姿で、それがとてもよく似合っている。あれは、きっと、祖父のところの着物。ものすごく高いやつだ。

さすがだな、と思う。こういう心遣いはやっぱり嬉しくなる。

ヤクザだけど！

「お初《はつ》にお目にかかります」

母親が正座をして、頭を下げた。

ちょっと！　母さんまでヤクザみたいなあいさつしないでよ！　俺は絶対に正座なんかしないからな！　意地でも立っててやる。

「父から頼まれて、息子を連れてきました。煮るなり焼くなり、好きにしてください」

「するなああああああ！」

思わず、叫んでしまった。

はっと我に返ったけど、どうでもいい。これで、向こうが気に入らなくて帰されるなら、凪にはなんの責任もなくなる。

あ、そうか。こいつじゃだめだ、って思わせるのもひとつの手か。

「こちらこそ、大事な息子さんをお預けいただいて感謝しております」

さっきまでの乱暴な口調はどこへやら。組長が深々と頭を下げた。

「わたくしどもも若本さんに迷惑をかけるつもりはまったくなかったんですが、どうにもこうにもいかなくなりまして。ちょうど、最近はどうですか？　という電話がかかってきたものですから、世間話のついでに、子供の面倒を見られる人がいるとありがたいんですけどね、と言いますと、それなら任せてくださいい、とおっしゃってくださいまして」

…だれだ、電話かけたの。タイミングが悪いにもほどがある。

話を聞いてみると、どうやら、無理やりベビーシッターを押しつけられたわけではなさそうだ。むしろ、こっちから積極的に売り込んでる。

どちらか一方だけの話を聞いてもだめ、というのがよくわかる例だ。

「よろしいんですか？」

「もちろんです。うちの息子は度胸《どきょう》だけはいいんですよ。覚悟はできてます」

できてないわっ！　いやだってさっきも言っただろ！

「そうですか。それでは…おーい、連れてこい！」

組長が隣に向かって怒鳴った。そこはまたふすまなので、その先に何があるのかはわからない。へいっ、と威勢のいい声がする。

しばらくして、ふすまがすっと開いた。そこには正座をしたスーツ姿の男。

こっちは着物じゃない。そして、かなり若い。二十代後半ぐらいじゃないだろうか。

「わざわざ、おいでいただいてすみません」

顔をあげて、にこりと笑った顔は、ものすごくさわやかだ。ヤクザと言われなければ、絶対にわからない。迎えにきたチンピラみたいな服装の男や裏門で出迎えた男、そして、この組長も、ただならぬヤクザオーラみたいなものを放っていて、普通にすれちがっても、やばい人だな、とわかる。

だけど、この人は会社員だと言われれば、そうなんだ、と思ってしまうほど普通っぽい。

ただ、普通じゃないところがある。

その顔のきれいさだ。会社員とかよりも、モデルや俳優をやってます、と言われた方が信じられる。切れ長の目、高くてすっと通った鼻筋、薄い唇。それらがあるべきところに収まっているというのか、とにかく整っている。似顔絵に描けないような特徴のなさなのに、ものすごく顔がいい。

こんなにかっこいい人、凪ははじめて出会った。

「あなた、すごくかっこいい！　俳優さんか何か？」

…この人は思ったことをすぐに言葉にするんだな。

でも、凪も気になっていたので聞いてくれてありがたい。

もしかしたら！　ヤクザじゃないかもしれない。ヤクザのベビーシッターじゃなくて、ヤクザの知り合いのベビーシッターになるのかもしれない。

そこは大きくちがう…ような気がする。

「いえ、ここの組員です」

…夢って、叶わないものだよね。

「へえ、ヤクザには見えないわ」

「ヤクザに見えないヤクザが一番怖いんですよ」

スーツの男が微笑んだ。

ぞわり、とその瞬間、背筋が震える。

この人はたしかにヤクザなんだ、とその笑顔だけで伝わってくる。

「でも、組長さんの方が怖そう」

「組長ですからね。トップが怖くないと困ります」

「なるほど、なるほど。あなたはいまは牙を隠している、と」

「そういうことですね」

「怖く見えたならよかったです。あ、ごあいさつが遅れました。わたくし、門傳組組長、門傳天也《そらや》と申します」

組長が割って入ってきた。

「わたくし、相原華《はな》と申します。こちら、息子の凪です。煮るなり焼くなり好きにしてください」

だから、するなって言ってんだろ！　煮るなり焼くなりが好きだな！　あと、口調が移ってる！

「こちらがお世話になる甥の大和《やまと》です。門傳大和。大和、あいさつしなさい」

大和。

その名前がとても似合っているように思えるのはどうしてだろう。もっと現代的な名前が似合いそうな雰囲気なのに。

大和と言われたら、もうそれしか名前がない感じ。

こういう感情ははじめてで、自分でも驚く。

他人の名前なんて、そんなに気にしたことがないのに。現に、さっき言われたばかりの組長の名前すら覚えていない。

とても不思議な感覚だ。

組長が大和をうながした。

「大和と申します。こちらには子育てに慣れたものがいないもので、若本さんには本当にご迷惑をおかけしまして。えーっと…」

大和が母親と凪を交互に見る。

「どちらが…？」

「おい、うちは女人禁制だ」

「ああ、そうでしたね」

大和が肩をすくめた。

「そろそろ、女人禁制をやめればいいんじゃないですか？　だから、こんな面倒なことになってるんですよ」

そうだそうだ！　いまどき女人禁制とか古いぞ！

「そんな簡単にいくか。そもそも、女人禁制というのは…」

「お兄ちゃあああああん！」

すごい勢いでふすまが開いて、小さな男の子が飛び込んできた。正座をしている大和に全力でぶつかる。

「いっ…！」

大和が顔をしかめた。

あれは痛い。かなり痛い。男の子の全力ってすごいよね。

「ねえねえ、お兄ちゃん、ぼくね、ぼくね、いいこと考えたの！」

子供って空気読まないいんだな。

凪は感心する。

ピン、と張りつめている空気にまったく気づかない。

「遊園地に行こうよ！」

いやー、いいことだね。遊園地楽しそうだね。

行ってくればいいよ。

「そしたら、綿菓子が食べれるでしょ？」

遊園地に綿菓子って売ってたっけ？　ポップコーンとかチュロスとかのイメージ。

「綿菓子が食べたい？」

「食べたい！」

くりんって目で見上げられると、なんでも買ってあげたくなりそうなかわいい子だ。

髪はふわふわした天然パーマで、ちょっと茶色がかっている。顔も目も鼻も丸くて、唇はぽてっとしている。すごくかわいい。天使みたい。

お兄ちゃんってことは、弟なのかな？　大和もこの子も、組長にとっては甥ってこと？

「だから、遊園地に行こう！」

「いいよ」

大和が立ち上がる。

「じゃあ、一緒に、凪くんだっけ？」

「そうです」

母親が一回言っただけなのに、よく覚えてる。

「かわいい名前だね。凪くんじゃなくて、凪でいいかな？」

にこっと笑う大和に、凪の心臓が、どくん、と跳ねる。

何これ！　男相手にドキドキするなんておかしくない⁉

かっこいいって、すごい。同性をも魅了する。

「あ、はい」

「よかった」

また、にっこり。

また、どくん。

なんなんだろう、この鼓動は。

「凪と遊園地に行こう。組長、その間にいろいろな手続きを頼みます」

「ああ、まかせとけ。いいか、若本さんところには絶対に義理を欠くなよ」

「承知しています。それでは、若本のお嬢様、ぼくたちはここで失礼させていただきます。ご子息は無事にお返ししますのでご安心ください」

当たり前だよ！　無事に返さなかったら、俺、どうなってんのさ！

「うちので役に立つならよかったです。凪、しっかりね」

いやだ。しっかりしたくないし、真面目に働きたくもない。

それでも、選択肢はひとつしかないんだからしょうがない。

「わかった」

ここまできたら引き返せない。

だから、無事に期限がきて、残りの長い長ーい春休みを楽しく過ごせるように祈っておこう。

「あれ、お兄ちゃんが増えた」

男の子が凪のところにやってきた。

「ぼく、リクトって言うんだよ！　よろしくね」

手を差し出されて、その手をぎゅっと握る。ぷにぷにして気持ちいい。小さな子供って、こんな手の感触なんだ。

「リクトか。いい名前だね」

とても響きがいい。

「こう書くんだよ」

大和がスマホの画面を見せてきた。なるほど、利久斗《りくと》ね。漢字の使い方がいまどきの子っぽい。

「じゃあ、ぼくたちは出てきますので。ゆっくり話してください」

あ、そうか。利久斗に聞かれたくない話があるんだ。だから、出かけるのか。

そういうところに気づかないあたり、凪もまだまだだ。

「遊園地！　遊園地！」

利久斗は片手を振って、楽しそう。

「利久斗はいくつ？」

「五歳！」

指を全部開いて見せてくれる。

五歳か。それなら、自分でいろいろできるよね。

だったら、ベビーシッターをするのも、そんなに大変じゃないかも。

うん、ちょっと気が楽になった。

ヤクザのことは大きらいだけど、子供に罪はない。
それに利久斗はかわいい。
なんか、大丈夫な気がしてきた。
われながら単純だと思う。
でも、そのぐらいのんきな方がいい。

2

…いやあ、大変だわ。

凪は、ふう、とため息をついた。

子供って本当にすぐに意見が変わるんだな、と、なぜか遊園地ではなくファミレスにいながら思う。

まずは車に乗るのが大変だった。助手席に乗りたがる利久斗を、危ないから、と後部座席に押しやって、シートベルトをさせるだけで一苦労。やだやだやだ！　とわめくのを、これをつけないと出かけられないよ、となだめすかしてどうにかつけさせて、利久斗を凪と大和で挟む。

運転手は別にいる。そうか、運転手がいるんだ、ということにも驚いた。

千葉方面に向かって車を走らせてる途中で、ねえ、あそこに行きたい！　と利久斗が言い出したのがファミレス。何軒か見送ってもまだ、あそこ！　行きたい！　行きたいいいいいい！　ってわめいて、あげくの果てには泣きだしたから、遊園地は行けないけどいいんだね？　と大和が確認をとって、いま、三人でファミレスにいる。

家からかなり離れたファミレスにわざわざ来る意味って…、と遠い目になりそうだ。ベビーシッターをはじめて一時間もたってないというのに、すでに疲れてきている。これを三日間もやったら、燃え尽きてしまうんじゃないだろうか。

世のお母様方、本当にお疲れ様です。

「あのね、ぼくね、これがいい！」

子供用のメニューを見て、利久斗が選んだのはプリン。おいしいよね、プリンって。

「凪は？」

大和に自然に名前を呼ばれて、どきん、と心臓が跳ねた。

なんだろう、この人。かっこよすぎて他人をドキドキさせる、って自覚を持ってほしい。

そして、そのかっこよさを封印してほしい。

凪には同性にときめくとか、そういった趣味はないんだから。

「あ、俺はコーヒーで」

おなかは空《す》いてないし、甘いものはそんなに得意じゃない。こういうところではコーヒー一択。

「ドリンクバーでいい？」

あ、そうか。ファミレスってドリンクバーだった。うん、それなら、いろいろ飲めるからいい。

まあ、そんなに長居はしないだろうけど。

「はい、ドリンクバーで」

「じゃあ、頼もう」

席にあるボタンを押したら、店員さんがやってきた。ドリンクバーを三つとプリン。大和もどうやら飲み物だけらしい。

「ちょっと先に取ってくる。利久斗、おいで」

手をつないでドリンクバーまで歩いていく二人の姿は、まるで親子のよう。年の離れた兄弟なんだよね？　顔も似てるし。

あれ？　兄弟ってことは、これまで一緒に生活していたわけで、急にベビーシッターが必要になるのっておかしくない？　いままでベビーシッターをやっていた人がいなくなったとか？　それでも、ちがう人を雇えばいいだけだ。わざわざ、なじみの呉服屋に助けを求める必要はない。

どんな事情があるんだろう。

凪は二人をじっと見た。

ドリンクバーでいろいろ話しながら飲み物を選んでいる様子はものすごく微笑ましい。

仲もよさそうだし、大和が世話をすればいいと思うけど、仕事とかあるから無理なのかな。

「ただいまー」

利久斗が小さなコップを大事そうに抱えながら戻ってきた。

かわいい。

こういう姿が本当にかわいいから、子供ってずるい。

大和はカップをふたつ持っている。

「コーヒーがいいって言ってたから、はい」

きゅん！

ちょっと！　なんで、こんなにドキドキするんだよ！

「ありがとうございます」

凪は平静を装って、ぺこり、と頭を下げた。

「大和さんは何を飲まれるんですか？」

「紅茶」

「利久斗は？」

「カルピス！」

利久斗がカップの中身を傾けて見せてくれようとする。凪は慌てて、カップを押さえた。こぼれる！

「ね、カルピスでしょ？」

利久斗は得意げだ。

かわいいよ。かわいいけどさ…。

子育てって大変だなあ。カップを傾けたらこぼれる、ということを覚えさせなきゃいけないんだから。

凪だってたくさん失敗をして学んだんだろうし、だれにも、はじめてのことはある。

それでも！　そういうのを教える立場にはまだなりたくない。いつか結婚して子供ができたときでいい。そして、それは結構先の話だ。

「うん、カルピスだね」

凪は笑顔を作って、そう答えた。たった三日。いいか、三日だ。さっきからずっと三日って言ってるんだから、三日しかベビーシッターはしないぞ。どこかにいるだれかに、いまから言っておく。三日間だけだからな！

その三日ぐらいなら、利久斗が何をしようとたいていのことは我慢できる…はず。

「ぼくね、カルピス好きなの」

「そうなんだ。おいしい？」

「うん、おいしいよ。お兄ちゃんは何を飲んでるの？」

いや、待った。俺はお兄ちゃんじゃない。

「凪だよ、凪」

「ナギ？」

利久斗がきょとんとしている。

「俺の名前は凪。だから、お兄ちゃんじゃなくて、凪って呼んでくれる？」

そうじゃないと、お兄ちゃんって呼ばれたときに大和とどっちが返事をしたらいいのかわからない。

「ナギか…。ナギ、ナギ、ナギ…。うん、覚えた！　ナギだね」

利久斗が、うんうん、ってうなずいた。

「ナギってどういう意味？」

「意味…」

母親は、なんとなくかわいいからつけた、って言ってた。

「意味はないかな。利久斗に意味はある？」

「あのねー、ない！　名前って意味はないの？」

「あることもないこともあるんじゃない？　それでも、親がいいと思った名前をつけてくれるんだよ。あ、ほら、お兄ちゃんと韻《いん》を踏んでる…わかんないか」

さすがに韻を踏んでるは五歳児にはむずかしすぎる。

「わかんない！」

さわやかな笑顔だね。わからないってちゃんと言えるの、えらい。

「お兄ちゃんは、ヤマト、だよね。で、リクト、で、トがおんなじだから、それでつけたんじゃないの？」

「ほんとだ！　トがおんなじだ！　ナギ、かしこいね」

にこにこされると、素直にほめられているようで悪い気はしない。

「でも、お兄ちゃんのこと知らなかったからな」

「え…？」

あ、そうか。

凪はふと思いつく。

こんなに年が離れているんだから、母親がおんなじじゃないんだろう。再婚したり、もしかしたら愛人だったり、そういった複雑な事情があるにちがいない。

急にベビーシッターが必要になったのも、最近、利久斗を引き取ったから、とかだろうか。

なるほどね。うんうん、それならよくわかる。

「凪の考えてることは、たぶん、全部まちがってる」

大和がおもしろそうな表情で凪を見ていた。

「え、俺が何を考えているかわかるんですか?」

それはすごいですね。

いやみ半分でつけくわえたくなったけれど、大和に悪気がありそうな感じじゃないのでやめておく。

「お兄ちゃんって呼び方に惑わされてる」

「お兄ちゃんじゃない…?」

「どうやら、利久斗はぼくの息子らしい」

コーヒーを飲もうとしていたせいで、そのままふきだすところだった。どうにか喉に送ると、むせかえって咳がとまらなくなる。

「息子?」

「そう。まあ、いろいろあって。あとから説明するよ。ところで、利久斗は凪はどう?」

「どう？」

利久斗がきょとんとしている。

「やだなー、とか、やじゃないなー、とか、そういうの」

大和のしゃべり方はずっとやわらかいままで、もとからこういう人なんだろうな、と思う。そして、それはすごく好ましい。

「ぼくはねー、やじゃないよ。ナギは？」

「俺も、やじゃない。利久斗はかわいい」

「ぼくはかっこいいんだよ！」

利久斗がぷくっと頬をふくらませた。

ほら、かわいい。

「そうだね。かっこいいね」

でも、利久斗の意思は尊重しておこう。

「でしょ！　ぼくね、地球を救うの！」

…壮大な夢だな。そして、唐突すぎる話題転換だな。

まあ、地球を救うのは人類の夢だよね、うんうん。

「そっか。がんばって」

地球を救うのが具体的に何を指しているのかわからないけれど、凪が生きている間に利久斗が地球を救うところは見てみたい。

「うん、待っててね！」

子供ってすごいな。凪もこの年代には、壮大な夢を抱いていたんだろうか。

「お兄ちゃん、ぼく、ナギのこと気に入ったよ！」

「そうか、よかったな」

大和が利久斗の頭を撫でた。こうやって見ていると、本当に親子みたい。

いや、本当に親子なんだけど、ずっと一緒にいた家族に見える。

「お待たせしました」

店員さんがプリンを持ってきた。生クリームとサクランボがのってる、とてもシンプルなやつ。こういうプリン、しばらく食べてないな。というか、プリンを食べていない。

「わ、プリンがきた！　いただきます」

手をあわせて、頭を下げて、利久斗はスプーンを持った。

お、行儀がいいな。いいことだ。

あむっと一口食べて、利久斗は、んー、とつぶやいてから笑顔になった。

「これね、ママとよく食べてたの。おいしいよね、プリンって」

「そうか。ママと食べてたのか」

大和が、うんうん、とうなずく。

「このファミレスで？」

「ここじゃないよ。うちの近所」

「うちってどこだっけ？」

「んーとねー、近所に幼稚園と公園があってスーパーもあるの」

「どんなスーパー？」

「いっぱいお菓子が置いてあるスーパー」

あ、わかった。大和は利久斗がどこに住んでいたか聞きだそうとしてるんだ。このぐらいの年齢の子って、自分ちの住所とか言えたっけ？　さすがに、それは無理そうな気がする。

五歳って、まだ幼稚園生だもんね。

「幼稚園の名前は？」

「ぼく、幼稚園行ってないよ」

「え！」

大和と凪の声が重なった。

幼稚園って別に行かなくてもいいんだっけ？　小学校からが義務教育か。

「保育園だよ。ママがお仕事してたから」

ああ、そういうことか。

「保育園、行きたい？」

「行きたくなーい！　プリン食べてるから」

「ちがうちがう、明日からとか」

「しばらくはいいよー。のんびりするのー」

退職したお父さんみたいな言い草に笑ってしまう。大和も肩を震わせていた。きっと、似たようなことを考えているにちがいない。

「そっかそっか。じゃあ、保育園に連絡しないとね。保育園の名前は覚えてる？」

「うん！　ひまわり保育園」

死ぬほどありそうな名前だけど、片っ端から電話をかけていけば、どこにあるかはわかりそう。大和もそう思ったのか、にっこりと笑った。

「ちょっと席をはずすから、利久斗のことをよろしく」

電話をかけまくるつもりなんだろうな。

大和がいなくなって、凪はプリンを食べている利久斗を見つめる。

こんなにかわいいのに、母親に捨てられたのかな？　そして、大和も大和で引き取って育てるつもりはない。もし育てるつもりなら、凪を臨時のベビーシッターとして雇うはずがないと思う。ヤクザのツテで探せば、いや、ヤクザのツテなんか頼らなくても普通に探せば、ちゃんとしたベビーシッターが見つかる。親しい呉服屋に頼むなんて、案としては最悪。

利久斗は、ゆっくりゆっくり、おいしそうにプリンを食べている。

詮索するのはやめておこう。楽しくプリンを食べててほしい。

「ねえねえ、ナギ。ぼく、おかわりする！」

プリンを？　と思ったらちがった。カップを持ってる。どうやら、カルピスを飲み干してしまったようだ。

「じゃあ、一緒に行こう。俺が入れてあげるよ」

「えー、ナギって親切だね。ありがとう」

利久斗がソファから降りて、ナギのところにやってくる。

「いこー！」

差し出された手をぎゅっと握ったら、その手のあまりのやわらかさと小ささに、胸がぎゅうっとなった。

ママと離れて大丈夫？　寂しくない？　あんなヤクザの総本山で怖い思いをしてないかい？

聞きたいことは山ほどある。だけど、それが引き金になって利久斗が寂しがるかもしれないと思うと聞けない。

ぶんぶんと手を振りながら、二人でドリンクバーに向かう。

「カルピスでいいの？」

「今度はちがうのがいい」

「どれにする？」

「しゅわしゅわしてるやつ」

「コーラ？」

「コーラはねー、きらいなの。お水でしゅわしゅわしてるやつがいい」

「ああ、炭酸水か」

たしかに、それなら甘くはない。

「それにね、レモン入れるの」

なかなかツウな感じだな。

「すっぱいのは平気なんだ？」

「ぼく、なんでも平気だよ！」

そうなのか。怪しいけど信じておこう。

「じゃあ、炭酸水にレモン入れる、と」

子供用のプラスチックのカップに炭酸水を入れて、レモンスライスをその上に浮かべる。

うん、おいしそう。

「自分で運ぶ？」

「運ぶ！　ぼくね｜、運べるよ」

はい、と渡すと、利久斗が大事そうにカップを持って、テーブルに戻っていく。その後ろを歩きながら、こういうとこは本当にかわいいな、と思う。

一生懸命な利久斗はとても愛《いと》おしい。

「運べた！」

テーブルにカップを置いて、利久斗が喜んでいる。

「よかったな」

「うん、よかった。プリンのつづきを食べよう」

にこにこしてプリンを見てる。

うん、本当にかわいい。

「いただきます」

炭酸水を飲んで、利久斗が盛大に顔をしかめた。

「すっぱーい！」

だから！　すっぱいものは大丈夫か聞いただろ！

「おいしいー！」

おいしいのか！　その表情からはまったくわからなかったぞ。

「ここでプリンです」

プリンをぱくっ、炭酸水をぐびっ。

「こうさー、喉がしゅわしゅわする感じがいいよね」

それはよかったね。

「ごめん、待たせた」

大和が戻ってきた。その顔は明るくも暗くもない。利久斗が通っていた幼稚園が探し出せたのか、それとも無理だったのか、表情からはまったくわからない。

「いえ、大丈夫です。用事は終わられましたか？」

「そうだな」

やっぱり微妙な表情。いったい、どうなってるんだろう。気になる。

「ごちそうさまでした！」

利久斗が元気にそう言った。空気を読まない子供って最強だね。

「おいしかった？」

大和が利久斗に微笑みかける。

「うん！　おいしかった〜。みんな、食べればいいのに」

「あんまり甘いものが得意じゃないんだよ」

大和が肩をすくめた。

「へー。得意じゃないって、どういうこと？」

「好きじゃない、ってこと」

「甘いものが好きじゃないの？」

利久斗が目をまんまるにする。もともと目が大きいから、そうするとすごくかわいい。

「おやつはどうしてるの？」

「おやつは食べないかな」

「おやつを食べない！」

ますます目が丸くなった。さっきのが最大限じゃなかったことに、凪がびっくりする。

「おやつを食べないと動けなくなるよ？」

「大人になると、おやつを食べなくても動けるんだよ」

「そうなんだ。じゃあ、ぼく、大人にならない！」

「そっか、そっか。ずっと子供でもいいな。利久斗はかわいいから」

「ぼくはかっこいいんだよ！」

利久斗が腕を組んで、大和をにらんだ。

「んー、でも、かわいくてもいいかな。かわいいと、何かいいことある？」

「かわいいね、って、みんなにほめられる」

「じゃあ、かわいいでいいや。ぼく、かわいい！」

利久斗が、わーい、って喜んでる。

うん、かわいい。

「そろそろ行くか？」

「うん！　どこに行くの？」

「家に帰る」

「えー、やだー。ぼく、お買い物したい！」

「買い物？　何を？」

「おやつ。子供のうちしか食べられないなら、いま、たくさん食べとく」

「じゃあ、スーパーにでも行くか。うちの近所のでいいか？」

「うん。ぼく、スーパー好きだよ。楽しいよね」

大和と利久斗が同時にソファを降りて、手をつないでレジに向かった。その自然さは、まるでずっと一緒にいた親子みたい。

遺伝子って、ちゃんと仕事するんだね。

スーパーでは、利久斗が欲しがるものを、それはだめ、これはいい、と大和が選別しながら、カゴいっぱいにおやつを買う。

楽しいな、と思った。

利久斗と大和といることが、とても楽しい。

しばらくなら、ベビーシッターをやっていけそうだ。

…たぶん。


「ただいま」

「ただいまー！」

「お邪魔します」

三者三様のあいさつをしながら、また裏から入る。土間は本当に興味深くて、今度じっくり探索したい。料理はまったくできないけれど、かまどでごはんを炊いたらおいしそうだな、と思う。

「おかえりなさいやせ！」

そんな大声が聞こえてきて、あー、ヤクザだな、と顔をしかめたくなった。三日間、ベビーシッターのことだけを考えていたいのに、ふいに現実に戻される。

ここはヤクザの家で、舎弟が何人もいて、全員がヤクザ。

うん、最悪。

「おお、帰ってきたか」

さっきとおなじ部屋に入ると組長がやわらかい笑顔で迎えてくれた。母親の姿はない。当然か。話もそんなに長くかからないだろうし。

「おい、利久斗を頼む」

組長の声かけに、これまで会ったことのない若い人が入ってきて、利久斗の手を引いた。恐る恐る、といった感じで、なんだか微笑ましい。

「さあ、ぼっちゃん、行きましょうか」

「どこにー？」

そう聞きながらもおとなしくついていく利久斗に、大丈夫かな、と思う。

外で怪しい人についていくんじゃないよ。いいね。

「さて」

利久斗の姿が消えると、組長が凪をまっすぐに見た。

「きみにも説明させていただこうかね」

「ぼくからします」

大和が割って入った。

「ああ、その方がいいな。俺は言ってしまえば部外者だし」

組長がうなずく。

「あれは……」

「失礼しやす！　お茶っす！」

お盆の上に湯のみを三つ乗せた、これまた別の人が入ってきた。この人は結構年がいっている。

「俺はウイスキーにしよう」

「水割りですか？」

「ロックで。瓶ごと持ってきてくれ」

「かしこまりやした」

だから、日本語がちょいちょいおかしいよ。『や』って、そんなに使わなきゃいけない？

「大和兄さんは酒を飲まれやすか？」

「いや、いい。お茶をありがとう」

「えーっと、そこのお兄さんは…」

「俺、未成年なんでお茶で。ありがとうございます」

何かを運んでもらったらお礼を言う。相手がヤクザだろうと、そこはちゃんとしておきたい。

「未成年っすか。それは飲めないっすね。うちで未成年に飲ませたとなると…家だといいんですっけ？」

「家でもだめだ。目をつけられることは避けた方がいい。ベビーシッターさんが未成年だってことは、みんなに言っておけ。煙草も吸わすな」

「わかりやした。それじゃ、ウイスキーを…」

「氷もたくさん持ってきといてくれ」

「承知でやんす！」

…返事がおかしいのは、だれか教えてあげないのかな？　まあ、いいけどさ。三日しかここにいないんだし。

三日って言いつづけてれば三日になる。言霊《ことだま》はきっとある。だから、頼む。三日で！

ウイスキーが運ばれてくるまで、みんな黙っていた。さっきの人が本当にたくさんの氷とウイスキーの瓶を持ってくる。器用に氷を入れて、ウイスキーを注いで、組長に渡した。グラスにウイスキーが注がれるときの、トクントクン、という音がいい。

「それでは」

組長がグラスを掲げた。大和が湯のみを持ちあげたので、凪もそうする。カチン、と合わせることもなく、組長は一気にウイスキーを飲み干した。

強っ！

凪は驚く。

ウイスキーって、あんなにがぶがぶ飲むもの？

凪の父親もウイスキーが好きだけど、もっとちびちびと大事そうに飲んでいる。それが、本当に好きなんだな、と思えて微笑ましい。

凪が成人したら一緒に飲もうな。

そう言ってもくれる。

ああ、家に帰りたい。母親の実家なんてどうでも…よくないんだよねえ。

凪はそっとため息をついた。

「さて、ご子息さん」

ウイスキーを飲み終えた組長が静かにそう言った。

「どうでしょう。何も聞かずにベビーシッターをやっていただけますかね？」

「いやです」

冗談じゃない。理由もわからずにヤクザのところにいたくない。それに、説明するって話だったよね？

ウイスキーを飲むと、前のことをきれいさっぱり忘れるんだろうか。

お酒って怖い。

「じゃあ、簡単に説明しますね」

変わり身、はやっ！

「うちの大和が昔つきあってた…かどうかもわからない女のうちの一人が、利久斗をタクシーで寄こしたんだ。あなたの息子です、今後はよろしくお願いします、って手紙を添えて。もちろん、手書きじゃない。タクシーも家から遠く離れたところで乗せたんだとか。で、大和に心当たりはないか聞いても、だれのことかさっぱり、みたいな反応でな。利久斗の母親は用意周到な女で、一年ごとに住むところを変えていたらしい。だから、どこに住んでいたか、利久斗の記憶もあいまいなんだ。特に、最後に住んだところは二ヶ月ぐらいしかいなかったようで、その前のとごっちゃになっていてまったく情報が得られない。ただな、俺らが調べてもなんにもわからない、って、これはかなりすごいことなんだ」

なるほど。

大和が説明すると言っておきながら、全部、組長が説明したけど、まあ、そこはいい。そして、ヤクザの情報網ってすごいんだな、と感心するやら怖くなるやら。

敵に回さない方がいいのはわかる。

一番いいのは関わらないことだけどね！　どうしようもないよね！　母親の実家とは、ずっと昔からのおつきあいみたいだし。

「さっきの保育園はどうだったんですか？」

ひまわり保育園だっけ？

大和は首を左右にふった。

「ありすぎる上に、どこも、個人情報なので、で跳ねつけられた。だけど、ぼくは組長とは意見がちがうんだ」

どの意見が？

「もともとは一人で育てるつもりだったんだと思う。わざわざ一年ごとに引っ越した、とか、そういうことじゃなくて、いろいろな理由があってそうなったんじゃないかと。だって、ぼくはその女性に子供がいるなんて知らないし、向こうから言ってこないかぎり、わからないわけだよ」

なるほど、なるほど。

「それに、わたしが育てます、って言うのなら、はい、わかりました、って養育費を払うだけで、無理に取り上げようとはしない。ぼくがそういう人だって、ちょっとでも関係があった女性なら知っているはずなんだ。たまたま事情があってやってきたことが、どこに住んでいたとか、どの女性なのかとかをわかりにくくしているだけなんだよね。組長は、悪意で、って言うけど、そうは思えない」

「だから、おまえは人がいいんだよ！」

組長が、けっ、と吐き捨てる。

「将来、この組を継ぐのに、そんな甘い考えでいいと思っているのか！」

「えええええええええ！」

あ、やばい、声に出てた。

この人、次期組長なの!?　さすがに、そこまでは考えていなかった。普通のヤクザだと思っていた。

普通のヤクザでもいやだけど、次期組長と関わり合いになりたくはない。

「どうしたの？」

大和が不思議そうに凪を見ている。

「いえ、なんでもないです。ちょっと、いろいろ…」

まさか、ヤクザはきらいだし、次期組長と知り合いになるのなんていやだ、なんて言えるはずがない。

「こんな話を聞くと混乱するよね。わかるよ」

よかった。勝手に納得してくれた。

「まあ、そういうわけで、ベビーシッターをよろしく頼む」

いやです、と断りたい。でも、断れない。

どうにかならないのか、考えてもみても何も思い浮かばない。

「えっと…」

うん、って答えたくないんだけど、どうすればいい？

「ああ、バイト代か。そうだよな。金は大事だ。きっちりしてるのはいいことだぞ。若いからって遠慮するのはよくない」

全然ちがう。

そういえばバイト代って出るんだっけ？　母親に、いらない、って言ったら、じゃあ、タダ働きね、みたいなことになってなかった？

「こっちの頼みを聞いてもらって、ケチケチするのは性にあわない。十万でどうだ」

「いえいえいえいえいえ！」

たった三日で十万ももらいすぎだ。明らかに金銭感覚がおかしい。

「あ、やっぱり安いか？」

だから！　普通の金銭感覚を学んで！　ないから！　そんなに出すところ！

「安くないです！　高すぎます！」

それだけは言っておこう。

「は？」

組長がまじまじと凪を見た。

「三日で十万なんて…」

「一日十万だ」

アホか！

そんな金額出すの、やばい仕事に…やばい仕事だった。ヤクザの次期組長の息子のベビーシッターなんて、やばすぎる。十万ぐらいもらってもいいかな。

いやいや、ヤクザに借りを作るのはよくない。一応、ベビーシッターへの対価だから借りではないかもしれないけれど、ヤクザから大金をもらうとロクなことにならない。映画や小説ではそうなってる。

実際は知らない。知りたくない。

「そもそも、三日ってなんだ？」

そうだ！　それ！

「三日間のバイトだって聞いてます」

「そんなことはひとことも言ってない」

組長が渋い顔をした。

怖い！

「母親が見つかるまでの期間、ベビーシッターが必要だ、と若本さんには話してある。明日見つかるかもしれない、何ヶ月もかかるかもしれない」

「大学があるんで、何ヶ月もはできません！」

それだけははっきりさせておかないと。

「もちろんだ。若本のぼっちゃん…お孫さんか、の勉学の邪魔をしちゃいけねえ。俺は学がないから昔ながらのヤクザ稼業しかできないが、この大和は大学院まで出て博士号も持っている。新しい時代のヤクザを作ってくれると信じてる。学は大事だ。ちゃんと学ぶんだぞ」

すごくいいことを言われてるけど、新しい時代のヤクザとかいやだ。古い時代のヤクザもいやだ。

とにかくヤクザがいやだ。

ああ、もう帰りたい！

何回目かわからない叫びを心の中で漏らす。

「本来なら勉学に当てるべき貴重な春休みをこっちの都合でいただいているんだ。十万ぐらい出させてくれ。それ以下では、さすがに義理がたたない」

組長が頭を下げる。

「やめてください！」

冗談じゃない。ヤクザの組長に頭を下げさせた、なんて、まったく自慢にもならない。

「…わかりました」

もらったお金はどこかに寄付をしよう。そうしよう。

まあ、ちょっとは楽しいことに使おうかな。苦労しそうだし。

「お、わかってくれたか！　ありがとう！」

今度は両手をぶんぶんと握られた。

…なんか、すごくいい人みたいに思える。ヤクザなんてきらいなのに。

「じゃあ、あとは大和と話し合ってくれ。大和、ひきつづき探せよ」

「もちろんです。探さないと困りますからね」

「あの…」

そういえば気になっていたんだった。

「母親を探してどうするんですか？」

大和の子供なら、そのまま育ててもよくない？

「東京湾に沈め…」

「ぼくに育ててほしいなら書類上の手続きが必要だから、そのために彼女がいてくれないと困る。どの彼女かはまったくわからないけれど」

待った！　組長が、東京湾に沈めるって言わなかった!?

冗談だよね？　どうしよう、本気だったら。

「組長のは冗談だから。いまどき、殺人なんて割にあわないことはしないよ」

割にあったらするの!?

やっぱり、だめだ。ヤクザとは決定的に考えがあわない。

「自分の子供かどうかはたしかめないんですか？」

顔は似ているし、明らかに大和の子供だろうな、とは思うけど、それでも、大和にも確信はないはずだ。

「いまDNA鑑定をしている最中だ。そのうち結果が出る」

わー、すごい。この人、そういえば頭がいいんだった。

インテリヤクザって、こういう人のことを言うのかな？

「それで、本当に子供だったら？」

「あとは母親との話し合い。だから、見つけないと」

そうなんだ。

「というわけで、利久斗のことをよろしく頼む」

大和まで頭を下げた。

やめてほしい。ものすごく居心地が悪い。

しょうがない。答えはこれしかない。

「わかりました」

いったんはやると決めたのだ。そして、引き受けたからにはちゃんとやる。

大丈夫。利久斗はかわいいし、五歳だし、なんとかなる。

なるよね？

3

「もう…休もうよ…」

なんとかなってない。全然、なんともなってない。

五歳児ってこんなに体力あるのか？　どう考えても十九歳の凪の方が体力あるはずじゃない？

まったく太刀《たち》打《う》ちできない！

「休まないよー！」

とんでもなく広い部屋で、さっきから二人でサッカーをやっている。百畳ぐらいありそうな部屋は、いったい何のために作られたのか、問いつめたい。

おかげで、すごい距離を走らされている。

利久斗は子供用のやわらかいサッカーボールを器用に蹴りながらダッシュで走っていく。ドリブルらしきものもやっている。

「シュート打つよ！」

「はいはい…」

凪はゴール前に走っていった。

座布団を何枚か敷いたところをゴールにして、座布団にボールが当たればゴール。こんなの止めるのは簡単だろう、と思っていたけれど、結構鋭いボールが飛んできたり、くねっと曲がったりする。浮かせてくれた方がありがたい。

「シュート！」

ボトンボトンボトン。どうやら、当たり損ねたようだ。凪は軽々とそれを足で止める。

よし、反撃だ。

「あー、とられたー！」

利久斗が残念そうに肩を落とす。

「いまねー、変なとこに当たっちゃった」

「そうだな。ボールがボテボテだったよ」

「だよねー。じゃあ、ぼく、ゴールで待ってるから、ナギもシュートして！」

利久斗がダッシュで自分のゴールに向かう。

「いいよー！」

ばたん。

利久斗がそのまま前に倒れた。

「どうした！」

凪は慌てて、利久斗のところに駆けつける。

足を滑らせたとか？　畳は滑るからな。

「利久斗？　利久斗！」

呼んでも反応がない。え、どうしよう！

ようやく利久斗のところまでたどりついたときに、凪は安堵でその場に崩れ落ちた。利久斗はすやすや眠っている。

そうか、これが噂の、全力で遊んでその場で寝落ちする子供、か。

都市伝説のたぐいかと思っていたけど、本当なんだ。まさか、あんなにばったり倒れるとは。それまでは眠そうなそぶりも見せてないし、元気いっぱい。

こんなの、はじめて見たら驚くに決まってる。

「えーっと、どうしよう」

時計を見ると、そろそろ四時すぎ。お昼寝をしたら、どのくらいで目が覚めるんだろう。

夕食はさすがに食べないとだめだし、かといって、こんなに気持ちよさそうに寝てるのを起こすのはかわいそう。

「すみませーん！」

凪はとりあえず、叫んでみることにした。凪と利久斗を二人きりで置いておくわけがない。きっと、どこかに見張りはついている。

…あれ？

「すみませええええええん！」

声をかぎりに叫んでみても、だれも反応しない。

ちょっと！　もっと緊張感を持って！　俺が誘拐犯だったらどうするつもりなんだよ！

知らない人と二人きりにしない、って、危機管理の基礎だよ！

しょうがない。こっちから出向こう。

凪は利久斗を抱えあげた。

ずしっ。

腕にすごい重さがかかる。

「うわ…重い…」

五歳って体重何キロぐらいあるんだろう。寝てるからか、全部の重力が凪の腕にかかっている。

どうにか抱っこして、廊下に出た。

「っていうか、ここどこ…？」

サッカーしたい、はいどうぞ、で連れてこられたから、組長がいた部屋からどのくらい離れているのかもよくわかっていない。何度か曲がったし、広いな、このお屋敷、と感心していた。

まさか、迷子…？

いやいや、歩いていれば、いつかどこかにたどりつく。舎弟だか組員だか、なんて呼べばいいのかよくわからない人たちがたくさんいるんだから、だれかには出会うはず。

出会ってくれ！

だって、すでに利久斗の重さが限界。そもそも、ずっと体力が限界。

「すみませーん！　すみませーん！」

とにかく声を出していこう。きっと、気づいてくれる人がいる。

「あ、ベビーさん！」

よかった！　新しい人だけど出会えた。

この人もまた若い。伝統芸能とか、後継ぎがいないから消えていくものも多いと聞く。ヤクザ組織がいまもたくさんあるのは、なりたい人がある程度いるからだろう。

どうしてヤクザになったんですか？

そう聞いてみたくなる。もっとちがう生き方もあるのに。

それはそれとして、なんだ、ベビーさんって。シッターつけて！　省略の仕方がおかしすぎる。

「凪です」

「じゃあ、凪さん」

すぐに呼んでくれるのはありがたい。ベビーさんは勘弁してほしい。

「どうされましたか？」

「あの、利久斗が寝てしまって。夕食までに起きますかね？」

「起きます、起きます。あんまり寝ないんですよ、利久斗ぼっちゃん」

利久斗ぼっちゃんって、なんだかかわいい。

「そうなんですか？」

「そうなんです。いっぱい遊んで、ようやく寝てくれて、ほっとしていると、遊ぼー！って声が聞こえてくるんですよ。悪夢です、悪夢。こっちはまだ疲労から回復していないのに。どうして、子供ってあんなに元気なんですかね」

うんうん、わかるわかる。

ほんのちょっとサッカーしただけでも、凪もヘトヘトだ。

「本当に元気ですよね。いいことなんですけど」

「まあ、しょんぼりされるよりいいですよね。最初から、こんにちはー！　しばらくお世話になりまーす！　ってあいさつして。お母さんのことを一切言わないんです。俺なら、寂しいと思うんですよ」

若い男がしんみりしている。

「だって、捨てられたわけでしょ？　まあ、わかんないのかな、まだ」

「どうなんですかね」

っていうか、重い！　そこの若い人！　気づいて！　手伝って！

「あの…」

「ああ、すみません」

よかった。気のきく人だった。

「凪さんの部屋、いま準備していますんで、もう少しお待ちください」

いや、ちがう。全然ちがう。

部屋の話なんて、ひとつもしていない。

まあ、部屋はないと困るけど。

「なので、利久斗ぼっちゃんの部屋にご案内しています」

案内はいいけど、やっぱり、どこをどう歩いているのかさっぱりわからない。木の廊下にふすま、という風景が変わらないから、迷路をさまよっている気さえする。

みんな、よくこの中を普通に歩けるね。

「こちらです」

あ、ようやく着いた。

ふすまを開けると、中は十畳ぐらいだろうか。子供用のベッド、布団、と二種類用意されていて、ほかにもおもちゃ、ゲーム機、テレビ、パソコンまである。パソコンって五歳児が使えるもの？

クローゼットとかはないので立派なタンスがいくつか。小さな冷蔵庫もある。利久斗が中に入れるような大きさじゃないところは、ちゃんと考えられていてすばらしい。

子供って何するかわかんないしね。

「あの奥のドアがトイレです」

あ、ドアがあった。ドアの方が不自然に見えるの、さすが和室だ。

「風呂はこの廊下の突きあたりにでかいのがありますので、そこでゆっくり入ってください。いまは利久斗ぼっちゃん専用なので、だれも入ってきません」

そうか！　お風呂も入れるんだ！

…どうやって？

凪が入っているようにすればいいのかな。子供ってぬるいお風呂じゃないとだめだっけ。

あとで調べておこう。

「風呂は二十四時間入れますんで、お好きなときにどうぞ」

「お湯はどうするんですか？」

「循環してます。掃除もこっちでやるので大丈夫です」

天国だ！

凪は小躍《こおど》りしたくなる。

温泉が大好きな凪にとって、いつでも入れる、というのはすごく嬉しいことだ。何回も入っちゃおうかな。ただつかるだけでも、お風呂って癒されるよね。

三日間だけなんだし、お風呂を堪能しよう。

「それでは」

「ありがとうございました」

ぺこりと頭を下げたとたん、利久斗の重みがずっしりと腕にきた。早く寝かせよう。

とりあえず、布団に利久斗を横たえた。すーすー、寝息を立てている。

こうやって眠ってるところは、本当に天使みたい。起きていると悪魔みたい、ってわけでもないけどね。

「さて、どうしようかな」

すぐ起きるってことは、また、あの元気さにつきあわなければならない。土間を見学したり、迷子にならないためにお屋敷の中を歩いてみたりしたいけど、ここはやっぱり…。

「俺も昼寝！」

まあ、夕方だけど。

起きたら、ちょうど夕食ぐらいかな？

「おやすみ」

凪は利久斗の隣に横たわった。

すぐに眠気が訪れた。


「ごーはーんー！」

バシバシと頭や顔や肩を叩かれている感覚と、遠くから聞こえる声。

なんだ…？

凪はどうにか目を開ける。

「ごーはーんーだーよー！」

バシバシ。

「ん…、ごはん…、食べる…、あーっ！」

そうだ！　ここはヤクザの巣！

凪はがばっと起き上がった。

無防備に眠ってしまった自分を…いや、寝るわ。

凪は全部、思い出した。

あんなに動いたら、寝るに決まってる。

「おはよー！」

利久斗がにこにこしながら、凪を見つめている。

「おはよ…。ごめん、起こしてもらって」

ベビーシッターなのに、面倒を見る相手から起こされるなんて。

「いいよー。先に起きた方が相手を起こすものなの」

すごい大人な発言だ。

それはきっと、利久斗と母親との決めごとなんだろう。そこに踏み込むのははばかられて、凪はただ利久斗の頭を撫でた。

「なーにー？」

「いい子だから撫でてみた」

「ぼく、いい子？」

利久斗が目をきらきらさせる。

「うん、いい子。いま何時？」

「んーとねー、時計は読めない！」

あ、そうなんだ。

「あそこにあるよ」

利久斗の目の先には時計があった。年代物っぽい壁掛け時計。デジタル時計じゃないと、たしかに読めないかも。まあ、いまわからなくても、そのうち読めるようになるしね。

時計を見ると、六時ちょっとすぎたところ。夕食にはちょうどいい時間だ。

「六時か。じゃあ、ごはんを食べに行こう」

とはいっても、どこでごはんを食べるんだろう。

「どこにー？」

「え、利久斗は知らないの？」

毎日ごはんを食べてるんだよね？　たしか、ここにきて一週間たってるはず。

「何を？」

「ごはんを食べる場所」

「そんなの知ってるよー！　なーんだ、それかー」

利久斗が首をかしげた。

「どこに行くんだろう、って思っちゃった。ちゃんと行くところを言ってくれないと、いくら、ぼくが天才少年でもわかんないよ」

「天才少年だったのか！」

本当に子供っておもしろい。

「そうなの。実はぼくは地球を救う天才少年なんだよ。だからねー、ごはんを食べる場所ぐらいわかってます」

利久斗がえっへんといばる。

いちいち行動がかわいい。

「ナギはちゃんと聞いてくれないとだめだよ。じゃあ、ついてきて！」

利久斗が部屋を出て、歩きだした。

「うん、わかった。俺が悪かった」

「悪いってわかってればいいよ。ぼくはね、許す人だから」

「えらいな、利久斗は。許すのって、結構むずかしいんだよ」

「そうなの？　ぼく、なんでも許すよ。いい子だから」

利久斗がにこって笑う。笑ったら、本当にかわいい。

「なんでもは許さない方がいいかもね。相手が反省してるのがわかったら許す、とかじゃないと、向こうがつけあがる…つけあがるってわかる？」

「わかんない！」

「調子にのるは？」

「それは、なんとなくわかる。なんかこう…だめな感じだよね？」

「そうそう。利久斗に何しても、どうせ許してもらえるからいいや、って思われるのはいやじゃないか？」

「それはやだね｜。じゃあ、反省して二度としなかったら許すことにする」

「うん、それがいい」

「ねえねえ、ところで、ここどこ｜？」

食事するところに案内してくれてるんじゃなかったのか！　利久斗のあとをついていってるのに。

「俺もよくわかんない。この家は広すぎるから、さっきから迷子になってばっかり。利久斗はもう慣れたんじゃないの？」

「あのねー、おんなじものばかりでしょ？」

利久斗はふすまを指さした。

「だよな。おんなじものばっかり」

「だから、よくわかんないよー。でも、大丈夫」

利久斗はダッシュで走り出した。

わー、さっきまでサッカーしてたのに、まだ走れるんだ。元気だな、やっぱり。

凪はできるなら走りたくない。

「どこかにはだれかいるから。一個ずつ開けていけば、だれかが教えてくれるよ」

さっきの凪と理屈的には似たようなことをしている。

「すみませーん、開けまーす！」

利久斗は適当なふすまを開けた。

「いなかった！　すみませーん、ごはんどこですかー？」

また別の部屋。

「毎回それやってんの？」

「毎回じゃないよー。ちゃんとたどりつくときもあるよ。でもねー、よくわかんなくなる日のが多いかな。こっち、って書いてくれるといいよね」

「そうだね」

家の見取り図があれば、それをもらおう。毎回、こうやって二人で迷子になってたら、時間がもったいない。

「おーい」

「あ、お兄ちゃんだ！」

利久斗が、だだだーっ、と駆けていった先には大和がいた。

「また迷子か？」

「またじゃないよー。今日ははじめての迷子だよ。だいたいねー、おんなじ部屋ばっかりなのがいけないと思うの！　もっと…、あ、ぼくが色を塗ってあげようか？」

やめなさい！　ヤクザの家を勝手にカラフルにするなんて、あとからどんなことをされるか！

「色は塗っちゃだめだよ」

「だめなの？　なんで？」

「このふすまは職人さんが精魂こめて作った大事なものだから」

「全然わかんなーい」

だろうね。

「利久斗が作ってるジグソーパズルを完成間近でバラバラにされるみたいな感じかな」

「それはだめだ！」

利久斗が真剣な表情になった。

「そんなひどいことなのかー。ぼく、勝手なこと言っちゃったな。反省しよう」

利久斗がうなだれる。その頭を大和がやさしく撫でた。

なんか、いい親子だよね。このままでいいのに。

「はい、反省終わりー！　明日からもどんどん迷ってこー！」

「いいかげん、覚えてくれてもいいんだけどね」

「あのねー、ぼく、五歳だよ？　そんなむずかしいことを言われても無理だって。五歳は忘れるの。ちがうなー。こんなおんなじ部屋を覚えている大人がおかしいんだ！」

腕を組んで、ぷんぷん、って文字が出てきそうな怒り方。

「理不尽だよ！」

「理不尽を覚えたからって使いすぎ」

「覚えた言葉は使わないと忘れちゃうんだよ。お兄ちゃんは大人なのにわかってないねー」

だめだ、おかしすぎる。

凪はぷっとふきだした。

「ところで、ママは見つかったの？」

「まだだよ」

え、ちょっと待って！　利久斗って、お母さんがいなくなったことをちゃんとわかってるの？

触れてはいけないと思っていたのに、普通に話してるし。

あ、でも、一週間も母親がいなければわかるか。

「たぶんね、見つかんないよ」

「どうして？」

「ママ、宇宙に行ったと思うんだよね」

は？　もしかして、宇宙飛行士か何か？　いや、だとしたら、すぐにわかる。宇宙飛行士に選ばれるような日本人なんて数えるほどしかいない。

「悪い敵と戦うから、こっちでお留守番しといてね、って言ってたんだよ。こっちって地球でしょ？　悪い敵って宇宙人でしょ？　だから、ママは宇宙に飛んでったんだと思うの。ぼくはね、だから、地球を守るんだ」

あ、やばい、涙が出そう。

子供の壮大な夢だと思っていた、地球を守る、ってそういう意味があったんだ。

ママに会いたい。地球が平和なら帰ってこられる。だったら、ぼくが守ろう。

なんて、けなげなんだ。三日間だけだけど、ちゃんとお世話しよう。

「地球を守ったら、みんなにヒーローってあがめられて、かっこいい！　ってモテモテなんだよ、知ってた？　いいよねー、モテモテ。だから、地球を守るの！」

ちがった！　ママに会いたい、とかじゃないのか！　もてたいのか！　健全だな！　俺だってもてたいよ！

「そっか、そっか。利久斗が地球を守ってくれたら、ぼくも安心だ」

「ホントに？」

「うん、ホント。頼りにしてるから、利久斗を」

「やったー！　ぼく、お兄ちゃんを守ってあげるね。あ、ついでにナギも守ってあげようか？」

ついでか！

まあ、でも、ありがたく受けておこう。

「うん、ありがとう。俺も安心だよ」

「しょうがないなー。ぼくは二人を守らなきゃいけないヒーローになっちゃった。がんばるぞー！」

うん、がんばってほしい。

どうやって守るのか、とか、そういうのは聞かないでおいてあげる。

「そのためにはごはんを食べないと！　お兄ちゃん、連れてって」

「ヒーローをご案内いたします」

大和がおなかに手をやって、軽く膝を折った。

なんか、かっこいい。

この人、何をやってもかっこいいよね。ずるい。

「ナギいくよー」

利久斗が楽しそうに大和のあとについていく。

なんだかんだ、いまのところは凪も楽しい。

ヤクザのところにいるけれど。

まあ、それはそれとして。

「ごちそうさまでした」

利久斗が手をあわせた。

「おそまつさまでした」

大和が答える。

「ねぇねぇ、ずーっと思ってたんだけど、おそまつさまでした、ってなあに？」

「いまのいままで聞こうと思わなかったんだ？」

大和がおもしろそうに利久斗を見た。

「だってさー、そういうの聞ける感じじゃなかったから。ずらーっと人がいて、みんなで黙々と食べてるんだもん。怖いよー！」

「え！」

凪は驚く。

まさか、ヤクザ勢ぞろいで食べてたわけ!?

よかった。本当によかった。

凪と二人で食べるんだよ、って、二人分の食事が用意された部屋に案内されて、利久斗が、お兄ちゃんも一緒がいい、って言って、結局、三人になったけど、ヤクザがずらりといるところに放り込まれなくてよかった。

だって、そんなの食べた気にならない。

「ナギもわかんないよねー」

「おそまつさまでした、はわかるよ」

「わかるの？　ナギなのに？」

なんだ、凪なのに、って。俺をなんだと思ってるんだ。

「じゃあ、言ってみて」

「たいしたものじゃなくてすみません、みたいな意味。本当にたいしたものを出してないわけじゃなくて、謙遜《けんそん》…えーっと、卑下《ひげ》…うーんと、あれだ、あれ、遠慮…はわかる？」

「わかるー！」

よかった。謙譲語《けんじょうご》の説明ってむずかしい。

「じゃあ、その、遠慮ってやつをしてる」

「どうして？　とってもおいしいのに」

「たしかに、おいしかった！」

そこは大きく同意しておきたい。

子供用に別に作っているのかどうかはわからないけれど、今日はハンバーグとエビフライ、ポテトサラダ、豆腐のお味噌汁、副菜《ふくさい》にほうれん草のごまあえ、フキの煮たもの。春を感じられるフキがすごくおいしかった。

ハンバーグとエビフライは凪も大好物。あと、すべての味つけがよかった。

食事を作る専門の人とかいるんだろうか。

「ねー、おいしいよね。ママのごはんよりおいしい。びっくりしちゃう」

「たしかに。うちの母親のよりもおいしいかも」

「え！　ナギってママがいるの？」

いるだろう！

「だれだって母親はいるよ。みんな、母親から生まれてくるんだから」

「えええええ！　じゃあ、お兄ちゃんにもママがいるの!?」

「いるよ。いままでいないと思ってたのか」

大和がおかしそうに笑っている。

「ううん、考えたことなかった！　お兄ちゃんはお兄ちゃんのまま生まれたのかと」

「利久斗にママがいるように、ぼくにも母親がいるよ」

「へー、なんて名前？」

「季和《きわ》」

大和の母親はキワって言うんだ。それもきれいな名前で、和風な感じがして、親子でいいな、とぼんやり思う。

「キワかー。いい名前だね」

うんうん、とうなずいている。

あれ……？　そういえば。

「利久斗のママはなんて名前なの？」

そこから絞ればよくない？

「知らない！」

「へ？」

母親の名前を知らない？

「ママはママだよー。お兄ちゃんにもびっくりされたけど、ママ以外に呼んでないもん」

親の名前って、いつごろ知るんだっけ？　でも、そうか。この年齢なら知らないこともあるのか。

だいたい、大和がそのぐらいのことを考えてないわけがない。

「利久斗、名字はわかる？」

「わかるよー！」

それは知ってるのか。あ、そうか。保育園で呼ばれるのかな？

昔の記憶ってあいまいになってるもんだな。凪は幼稚園だったけど、なんて呼ばれていたのかまったく覚えていない。

「山田《やまだ》利久斗です。よろしく！」

利久斗はにこにこしている。

山田…。多すぎて絞れそうにない。

そもそも、凪が思いつくことぐらい、この一週間ですべて調べ終わってるに決まってる。大和は頭がいいんだし、本気で探そうとしているんだから。

「あの…山田さんって女性に心当たりは…」

それでも、気になって聞いてみた。

「そういう人に名字を聞いたことがない。正直、名前すら覚えてないのも多い。ちょっと変わった名字だったら探せるかな、って思ったんだけど、まあ、無理だよね」

山田さんって女性を調べるだけで何年もかかりそう。

「ぼく、寝るー！」

ふいに、利久斗が叫んだ。そういうことにも慣れてきた。

「眠いー」

「めずらしいね。こんな早くに眠くなるなんて」

そういえば、あんまり寝ない子なんだっけ。

「うん。あのね、ナギにつきあって全力でサッカーしたら、なんか疲れちゃった。お昼寝もしたんだけど眠い」

いつから、凪がつきあわせた側になってるんだ。

まあ、いいけど。

「じゃあ、凪、利久斗をお風呂に入れてあげてくれる？」

あ、そういえばそうだった。それもベビーシッターの仕事。

「利久斗、ぼくと一緒にお風呂に入るの？」

「そうだよ。いやだ？」

よく考えたら、いやって言われても困る。一人で入れるわけがない。

「いいよー！」

「それはよかった」

凪も眠いし、明日も朝から一日ベビーシッターをしなければならない。サッカーをやったから、というよりも、慣れないことをしたせいで体だけじゃなくて頭が疲れている。

さっさと休もう。

五歳児をお風呂に入れられるのか、という問題はあるけれど、たぶん大丈夫。お風呂ぐらいどうにかなる。頭を洗って、体を洗って、湯船につかる。やることは自分一人のときと変わらない。

よし、じゃあ、さっさとお風呂に入ってしまおう。

「利久斗、行こう」

「はーい」

利久斗と手をつないで、部屋を出る。

さて、問題です。

利久斗の部屋はどこ？

また迷子になるのかな。

まあ、いいや。腹ごなしに歩きまわるのもまた一興《いっきょう》。

4

トントン、とふすまをノックする音がした。そうか、ふすまだと鍵とかないし、勝手に開けられてしまう。

…明日の朝が怖い。隣から襲来されそうな予感がする。

そう、凪の部屋は利久斗の隣だ。でも、それはそうだろう、と納得する。ベビーシッターなんだから、近くにいないと。

利久斗が夜中に怖い夢を見て飛び起きるかもしれない。そのときには、さすがにそばにいてあげたい。

「はい」

「いま大丈夫かな？」

訪ねてくるのなんて大和しかいないと思っていた。なのに、その声を聞くと、なんだか胸がざわざわする。

このざわざわは、いったいなんだろう。

「大丈夫です」

凪はベッドから体を起こした。寝ていたわけじゃなくて、ごろごろしていただけだ。

「お邪魔します」

大和はスーツから室内着に着替えていた。ライトブルーのシャツにブラックジーンズ。

正直に言ってしまえば、ものすごくかっこいい。

スーツ姿のときから思っていたけれど、スタイルまでいい。

天は二物《にぶつ》も三物《さんぶつ》も与えてる。不公平だ。

「座ってもいいかい？」

大和はソファを指さした。

凪の部屋も利久斗とおなじぐらいの大きさで、ベッドやソファセット、タンスなどの家具が置いてあり、普通に快適だ。テレビはない。タブレットとパソコンはあって、何かしたければそれで、ということだろう。

うん、これで十分。

「あ、はい、どうぞ」

長くなるのかな？　そもそも、なんの用があって来たのか、それもわかっていない。

大和はソファに座った。凪もベッドから移動して大和の前に座る。

「どうだった？」

「何がですか？」

「ああ、ごめんね。利久斗の様子」

「すごかったです」

一緒にお風呂に入ったら、はしゃぐ、はしゃぐ。

ねえねえねえねえ！　って、たくさん質問されて、答えられるものには答えて、のぼせないように早めにあがらせたいのに、やだー！　って言われて、髪を洗おうとしたら、やだやだやだ！　って首をぶんぶん振って、それでもどうにか洗って、体も洗い終えて、そしたら、ぼく、体ぐらい洗えるよー！　って言われて、どっと疲れが出た。

いや、無理だろう、どう考えても。五歳のころって洗えたっけ？

じゃあ、ちょっとやってみて、ってタオルを渡したら、手と足だけ洗って、ほらー！って。

残りの部分はどうするんだ。やっぱり凪が洗うんじゃないか。

そう思いながら、えらいね、すごいね、ってほめて、凪が自分の体を洗おうとしたら勝手にお風呂から出たから追いかけて、体を拭いてパジャマを着させて、髪を乾かして、部屋に連れていって、寝かしつけた。

その寝かしつけも大変で、やだ！　寝ない！　って言い張る。さっき、眠い、って言ってたのはなんだったんだ！　と思うけど、お風呂に入って元気になったのかもしれない。そういうことは凪にもある。お風呂って、眠くなる人と目が覚める人、両方いるよね。

なけなしの対子供用知識からしぼりだして、本を読んであげようか、って言ったら、読んで！　って目をきらきらさせるから、本棚に一緒に行って、二人で本を選んで、とにかく読んだ。たくさん読んだ。五冊ぐらいでようやく寝てくれて、電気をつけたままの方がいいのか、消した方がいいのか悩んで、半分ぐらいの暗さにして出てきた。

そのあと改めてお風呂に入って、ゆっくりつかって、髪も体も洗って、部屋に帰る途中に利久斗の部屋をのぞいたら、すやすや眠っていて、ああ、天使みたいだな、と思って、ようやくゆっくりしてるところ。

というようなことをつらつらと話した。

「子供の世話って大変だよね」

大和が、うんうん、とうなずく。

「本当に大変ですね。俺、いままで、うるさい子供とかいると、親は何をしてるんだろう、って思ってたんですよ。ちゃんとしつけないからだ、って。でも、ちがいますね。子供って突然騒ぎだすんだな、って、たった半日しか一緒にいないのにわかりました」

利久斗だって、おとなしいときはおとなしい。いい子のときはいい子。だけど、スイッチが入ったら手をつけられない。

まだ五年しか生きていないんだから、そういうことがあってもしょうがないか、ってさっき思った。

十九年生きてきた凪だって、急に落ち込んだり、気分があがったり、泣きたくなったり、笑いたくなったりする。それを、ここでやったら周りから変な目で見られる、という理性で抑えつけているのだ。

その理性なんて、まだ五歳の子供にあるわけがない。というか、あってほしくないとすら思う。

のびのび自由に。

子供はそれでいい。

「そうそう、ぼくも最初はそう思ったよ」

大和が柔和《にゅうわ》な表情で同意した。

「子供ってこうなんだな、微笑ましいな、って。だけど、一週間もたつと、また意見が変わるよ。どうしてこんなに言うことを聞かないときがあるんだろう、ってね。たぶん血がつながってて、まあまあかわいい、と思ってるぼくすらそうなんだから、他人に理解を求めるのは無理だよね」

「そうなんですか？」

半日と一週間だと、やっぱり感じ方がちがうのか。子供とずっと一緒にいた経験がないから、そのあたりもわからない。

三日で終わってくれますように。

いまは、そう願うだけ。

「そうなんだよね。だから、実際にぼくが育てるとなると、いろいろ大変かも、とは思ってる」

「でも、大和さん、いらだっている様子がないですよ」

利久斗がわがままを言っていた車内でも普通にしてた。

「いらだってどうにかなるならそうするけど、利久斗も意固地になるだけだろうし、解決策として意味がないよね。あと、もともとイライラしたりとかしないんだ。性格かな？」

「大和さん、穏やかそうですもんね」

ヤクザだけど！　次期組長らしいけど！

嘘だったらいいのに。本当は普通のサラリーマンとかだと安心できる。

まあ、でも、凪のためにカタギでいてくれ、なんて、そんなの頼める筋合いでもない。

このバイトが終われば、なんの関係もなくなる人だ。

「穏やかではないかな。イライラはしないけど、怒るときは怒るよ。利久斗のことは、まだ怒ったことがないだけで。あの子、わがまま言ったりはするけど、とんでもなく理不尽なことはしないから。さすがにそれは道義的にどうなの？　ってことをしたら、きっちりしかるつもりではいる。一応、任されている身だからね」

「あの…」

これを聞いていいのかどうか。まあ、だめならだめって言ってくれそうだから、いいか。

「大和さんは、利久斗の母親を恨んでたりします？」

「恨む？　どうして？」

大和がきょとんとしている。

「勝手に子供を産んだくせに、勝手に押しつけてきやがって、みたいな。こう…なんていうんでしょうかね…」

言いにくいけど、気になるから言ってしまえ。

「見つけ次第、仕返しに何かしてやろう、とか…」

「ないない」

大和が笑った。

その笑顔があんまりにも無邪気で、そして、さわやかで。

本当にこの人はヤクザなんだろうか、と不思議に思う。

「組長のは、本当にただの冗談だから。ぼくに男の子がいることを内心ではすごく喜んでるよ。ぼくのつぎの組長候補ができた、みたいな感じでさ」

あ、そうか！　組長の息子って、また組長になったりするんだ。

え、利久斗がヤクザ…？

ちょっと！　絶対にいやなんだけど！

あんなに天使みたいにかわいい子をヤクザにしないでほしい。

「世襲制《せしゅうせい》じゃないから、利久斗が継ぐとは決まってないよ。本人の適性ってものがあるし。現に組長の息子さんはサラリーマンをやってて、ヤクザとはなんの関係もない。凪ってヤクザがきらいだよね」

どきっ。

心臓がばくばくしだした。

どうして、ばれたんだろう。

「だからといって、凪をどうこうしようとは思わない。ヤクザって基本的にきらわれる商売だから。まあ、そうじゃない人もいるからいまもつづいているんだけどね」

「大和さんは…」

「どうしてヤクザになったのか？」

「はい」

ヤクザにならなくても、普通にやっていけそうなのに。

「ぼくのやりたいことができるから」

「やりたいこと？」

ヤクザしかできないことって不穏な感じしかしない。

「一応ね、多角経営なんだよ、ヤクザって。自分の得意なことでお金を稼いでいるから、いろんな人がいろんなことをやっている。上納金《じょうのうきん》って知ってる？」

聞いたことはあるけれど、よくは知らない。

「名前だけは」

とりあえず、そう答えておく。

「まあ、そうだよね。必要のない知識だもね。説明すると、うちの上の組織があってね、そこに一定の金額さえ払えば、残りは自分たちのものになる。上納金が多くなるとヤクザとしての階級があがるんだけど、うちはいまぐらいの規模でいいから、これ以上大きくならない程度に納めてるんだ」

まだ上の組織があるんだ。知らなかった。

「儲ける方法は問わない。薬を売ってもいいし、だれかをだましてもいいし、用心棒をやってもいいし、ミカジメ料っていう、お店をやっているところを守るという名目で脅しとっているお金でもいい。ヤクザだから、基本的には違法スレスレだよ」

薬は絶対にいやだ！　それだけは許せない。

いますぐ、お暇《いとま》をいただきたい！

「うちは薬はやってないけど、それは組長が薬をやりすぎておかしくなった時期があって、あれはいかん、と。ぼくも、薬はちょっとね、と思ってたから、そういうところでも気が合った」

「薬は売ってないんですか？」

なら、よかった…、って別によくないよ！　ほかは違法スレスレなんだし！

「ぼくは、売るものには責任を持ちたいんだよね。ということは、自分で試さなきゃならない。でも、化合物の薬の危険性はわかっているから。あれを打ちたくはない。いいかい、凪」

大和が凪をじっと見つめる。その真剣な目つきに、どきり、とする。

顔がいいって、本当に困る。

同性なのに、ずっとどきどきしっぱなしだ。

「天然系はまだしも化合物の薬に手を出すんじゃないよ。かならず脳が破壊される。それは実験結果として出ているんだ。だから、やめときなさい」

「はい！　絶対にやりません！」

天然系もやらない。とにかく、危ないものには近づきたくない。

「いい子だ」

よしよし、って撫でられた。

どきん！

さっきよりも心臓の音が大きくなる。

だから、困るんだってば！

「ぼくはね、普通の生活をするにはちょっと頭がよすぎて」

「…へ？」

いま、頭がよすぎて、って言った？　自分でそんなこと言う人いる？

ここにはいるけども。

「いい会社に入って出世するとか、自分で起業して大成功するとか、そういうこともでき

る自信はあるよ。でもさ、それじゃつまらないと思ってしまうんだ。おもしろいことがしたい、ってね。そのおもしろいことが…」

「ヤクザなんですか？」

まったく理解できない。

「うん、そうだね。違法スレスレって、違法じゃないんだよ。そこを探って、きちんと法律を守りながら楽しいことをするのって、とっても頭を使うし、とっても刺激的なんだ。だから、ヤクザを選んだ。でもね、凪、ヤクザにはならない方がいいよ」

なるかああああああ！

「人権とかないから、ヤクザって。銀行口座も作れない、クレジットカードもだめ、ほかにもいろいろ制限されている。銀行口座を作るときにさ、反社会勢力じゃありません、みたいな項目があるの知ってる？」

「知りませんでした」

銀行口座はあるけど、自分で作ったわけじゃない。

「ヤクザが現金決済なのって、預けるところがないしカードが使えないからなんだよ。だから、この家の中のあちこちに現金が転がってるよ。ただし…」

「盗らないです！　探しもしません！」

ヤクザからお金を盗むなんて怖すぎる！

「大和さんって、どういうことをしてるんですか」

物騒《ぶっそう》だから話題を変えようとして、またもや物騒な話題になってる。

それを聞いてどうするんだ。違法スレスレだって本人が言ってるのに。

「んー、知らない方がいいと思う」

あ、よかった。言わないでいてくれた。

「あ、そうそう、ぼくが来た理由を話すのを忘れてた。ベビーシッターが急に必要になったのはね、いままで面倒を見てくれてた若いのが入院しちゃって」

「え、病気ですか？」

「ちがう。半グレに襲われて、ぼっこぼこにされて、あちこちが折れてる」

…物騒じゃない話題が欲しいな。どうして、ことごとく怖い内容になるんだろう。

ヤクザだからだよ！

「で、その半グレを探して戦争もしなきゃならないし、利久斗の母親も探さなきゃならないし、ちょっとみんな忙しくてね。利久斗の世話をする暇がないから、若本さんに頼んだんだ」

つぎからつぎへと物騒な話が出てくるのはどうしてなのかな？

戦争って何！　そんな中、素人を呼び込まないでほしい！

お母さん！　まったく安全じゃないんだけど！

「ここに踏み込んでくることはないだろうけど、どこかで待ち伏せしてるかもしれないから、出かけるときはかならず、ぼくを呼んでほしい。家も広いし、庭も広いから、できればこの中で遊んでいてくれると助かる。利久斗がどうしてもどこかに行きたい、って言い出したら、まず、ぼくに相談してくれる？　凪と利久斗だけだと許可できない」

そんな中、絶対に二人で出かけないよ！

お母さーん！　話がちがいすぎるってば！

「家から一歩も出ません」

たった三日。

その間、この家で過ごす。外になんか出ない。

戦争相手の半グレがうろついてるかもしれない中に飛び込むなんて、絶対にしたくない。

「それがいいと思う。こっちはしかけられなきゃ、何にもしないんだけどね。さすがに何かされたら、やり返さざるをえない。メンツがあるし、半グレになめられたくない」

「あの、半グレとヤクザってどうちがうんですか？」

半グレも言葉としては知っている。やっているのは似たようなことだと思っていた。

「向こうは銀行口座も持てるし、クレジットカードも作れる。指定暴力団じゃないからね。でも、なんでもやる分、あっちの方がタチが悪い。普通の人はヤクザに喧嘩を売らないんだけど、半グレ連中は、ヤクザなんか怖くない、っていきがって、ちょくちょく喧嘩を売ってくるんだよね。めんどくさいよ、本当に」

「そういうときって、どうするんですか？」

怖いけど興味はある。

人間って因果な生き物だね。

「もちろん、きっちりカタをつけさせてもらいます。どういうカタかは聞かない方がいいよ。知っちゃうと、凪も共犯者になるから」

「あ、まったく知りたくないです！　もう二度と聞きません！」

そうか、知ってるだけでもだめなんだ。覚えておこう。

「というわけで、かなりバタバタしてるんだ。いま、うちに人がいないのは、外でやることが多いから」

え、これで人がいないの!?　歩けばヤクザに当たる、って感じなのに？

普段、どれだけ人がいるんだろう。

「半グレとの決着がつくか、利久斗の母親が見つかるか、それまではベビーシッターをよろしく頼む」

いや、待って！　そんなの三日で終わるわけがなくない!?

やだ！　三日以上はいやだ！

それでも。

「わかりました」

祖父のお店の信頼がかかっている以上、それ以外の答えなんてできるわけがない。

「ありがとう。助かった」

大和がにこっと笑って、凪の頭をぽんぽんと軽く撫でた。

どくん。

大和に触れられると鼓動が跳ねる。

顔がいいって本当にずるい。

「じゃあ、おやすみ」

「おやすみなさい」

大和が出ていって、凪はベッドに倒れ込んだ。

「…何も考えまい」

どっちかが解決してくれないことにはここから出られないんだから、一刻も早くそうなることを祈っていよう。

とにかく、いまはおやすみなさい。


「起きてー！」

バンバン叩かれて、凪はいやいや目を開けた。

さすがに相手がだれだかわかっている。

利久斗だ。

「何時…」

「わかんないー！」

ああ、そうか。まだ時計は読めないんだ…。

壁掛け時計を見ると、朝の四時半。

…は？

「遊ぼー！」

こんな朝早くから？

たしかに、あんまり寝ない子だ。昨日寝たのも、そんなに早くはない。十時は過ぎていた。

「何して…遊びたい…？」

無理やり体を起こして、大きなあくびをした。

「んーとねー、お散歩！」

「散歩？」

「お外に出よー！　家の中にばっかりいたら、太陽を浴びられないよ！」

二月のこの時間はまだ夜が明けてない。つまり、太陽は出ていない。

「外は真っ暗だよ？」

「真っ暗なんだ？　それは冒険だね！」

男の子って、そういえばこんな生き物だったな。凪も身に覚えがある。

「冒険か。いいね」

凪もその気になってくるから、冒険って言葉は強い。

「でしょー！　早く行こう！」

「待った。着替えないと」

さすがにパジャマで外には行けない。

「早く着替えて！　ぼくは着替えたよ！」

「わ、えらいな！」

五歳児って自分で着替えもできるんだ。すごい。

「えらいでしょ、えっへん！」

たしかに、パジャマから着替えてる。

「じゃあ、ぱぱっと着替えるか」

完全に目が覚めてしまったから、散歩も悪くない。

持ってきた荷物から適当にセーターとズボンを取り出して、それに着替えた。洗濯とかどうするんだろう。あとから聞いてみよう。

「じゃあ、行くか」

「うん、行こう！」

利久斗がはりきって先に立って歩き出した。

「利久斗、どこに向かってるかわかってる？」

「外！」

そうか、わかってないな。まあ、いい。特にあてもなく散歩するだけだし。

廊下を適当なところで曲がって、また曲がって。どうして廊下に十字路とかあるかね。

一方通行なら楽なのに。

門。

「ホントだ」

どうやら正面玄関っぽい。そういえば、凪は正面玄関から入ったことはない。ずっと裏

ここを出たら、何があるんだろう。広い庭かな？

裏側の方が整備されてきれいだけど、あっちは駐車場以外には特になんにもない。散歩するのも、そんなにおもしろくなさそうだ。

門の外に出るわけにもいかないしね。

「どうだ！」

「すごいよ、利久斗」

頭を撫でると、利久斗が嬉しそうに笑った。

「ぼくねー、なんとなく歩いただけなのー」

知ってる。

「それでも、こうやって玄関にたどり着いたからえらい」

「そっか、えらいんだ！」

利久斗が、うんうん、とうなずいている。

「あ、出たよ！」

「そう、ちゃんと着いたからえらい。じゃあ、行こうか」

玄関って開くのかな？　こういうところはセキュリティがしっかりしてそう。開けたら、警報とか鳴るんじゃないだろうか。

まあ、いいか。

あ、靴がない。裏の方に置いてきた。

「利久斗、靴は？」

「そこにあるよー」

利久斗が靴箱を指さす。開けてみると、利久斗の小さな靴とスニーカーがあった。よし、これで表に出よう。

「靴をはいて、じゃ、行こうか」

利久斗の手をとって、ここは凪が先に出る。警報が鳴って、人がたくさんやってきたら、凪が説明しなきゃならない。

玄関は普通の鍵だった。縦にすれば開いて、横にすれば閉まるやつ。

大丈夫…？　半グレとの戦争中なのに、こんな鍵で。

凪はそれを開けて、外に出る。

「わー」

利久斗が空を見上げた。

「暗いね」

「暗いな」

あと寒い。セーターだけだとちょっと甘かった。二月も終盤とはいえ、まだ朝晩はかなり冷える。

コートを取ってこよう。利久斗のも探さないと。

凪はまだしも、利久斗に風邪を引かれたら困る。

「利久斗、ちょっと戻ろう。寒い」

「えー、寒くないよー！」

「だめ。ちゃんと上着着ないと」

「わかった。じゃあ、戻る」

たぶん、利久斗も寒いのだ。おとなしく玄関に入って、靴箱の隣の棚を指さした。

「あのねー、ここにあるよ」

「え、そうなんだ？」

開けてみると、たくさんのコート。あと、小さなピーコートもかかっている。利久斗が着たら、絶対にかわいい！

利久斗にピーコートを着せた。フードもついてる。

わ、本当にかわいい。天使みたい。

天使みたい、しか言ってないけど、実際に天使みたいなんだからしょうがない。

子供の写真をたくさん撮る親の気持ちがよくわかる。こんなにかわいいんなら、残しておきたい。

凪も適当に手前にあるのをとって、それを着た。

うん、あったかい。

「あったかいね」

「あったかいな」

二人で顔を見合わせて、にこにこする。

また手をつないで、外に出た。さすがコート。今度は寒くない。そして、やっぱり真っ暗。

「すごいねー。星が見えるよ！」

「あ、ホントだ」

空を見上げると、かすかに星が見える。前庭がとにかく広いのと、ほとんど明かりがついていないからだ。塀も高いし、外からの明かりも入ってこない。

「おーい！」

後ろから声がして、凪は振り返った。大和が手を大きく振っている。

「あれ、大和さんだ」

「お兄ちゃんだ！　お兄ちゃん、おはよー！」

「門に近づくと警報が鳴るからやめときなさい。そもそも、なんで、こんな朝早くに外に出てるの？」

あ、門には警報あるんだ。

「お散歩だよー！　日の光を浴びてお散歩しようと思ったの！」

「俺はそれに巻き込まれました」

「散歩か」

大和が近づいてくる。

「ぼくもしようかな」

「お兄ちゃんも？　やったー！　じゃあね、じゃあね、ぼくが真ん中で手をつないで歩こー！」

利久斗が大和と凪の手をぎゅっと握る。

「こういうの、あこがれてたの！　お友達がね、お父さんとお母さんとこうやって帰って

るの見て、いいなー、って」

明るく言う利久斗に、よけいに胸が締めつけられるような感じになって、でも、それは、かわいそうだな、って感情で。

よくない、と思う。

利久斗の環境を知りもしないのに、かわいそう、と考えるのは絶対によくない。

両親がそろってても不幸な人もいるし、一人親でも幸せな人もいる。利久斗の幸せは利久斗にしかわからない。

「そっか、じゃあ、手をつないでいっぱい散歩しよう」

大和はさらっと流している。そういうところ、さすがだ。

「いっぱいはいいよー。寒いもん！　お昼にお散歩するなら、いっぱいでいいけどさ。ぼくね、もう帰ってもいいぐらいだよ」

人を四時半に起こしておいて、その言い草か！

「じゃあ、帰る？」

「寒いのも楽しいから、もうちょっと歩く！　お兄ちゃんはどうしてお散歩してるの？」

あ、そうだ。大和も凪とおなじぐらいか、もうちょっとあとに寝たはずだから、この時間に起きているとなると睡眠時間はかなり少ない。

「玄関のとこのセンサーが作動して、起こされた」

なんにもつけてないってことは、さすがになかった。

「センサーあるんですね」

「ある。前は警報機をつけてたんだけど組長が解除コードを覚えられなくて、三日に一回ぐらい、警報は鳴り響くわ、警備会社の人たちは駆けつけるわ、でこっちが大変だからやめた。いまはセンサーで人の出入りがわかるようになってる」

なるほど。

「見張りもいるんですか？」

「もちろん。セキュリティがしっかりしてるからそれでいい、ってものでもないし、機械は侵入してきた敵をやっつけてはくれない。許可なくだれも入れないようにしていても、どこかに隙は絶対にある。だから、交代制で夜も見張ってるよ。防犯カメラを見直したら凪と利久斗だったから、利久斗につきあわされたんだろうな、ってわかったけど、あの門から外に出ると、ちょっとめんどうなことになるから注意しにきたんだ」

「起こされた仲間ですね」

凪は利久斗に起こされて、大和は二人に起こされた。

「そうだね。でも、利久斗がすごく楽しそうだからいい」

大和がにこっと笑う。

そのやさしさと笑顔に、心臓が、どくん、となった。

…どうしたんだろう。

「ぼく、楽しいよ！　好ききらいを言いましょう！」

は？　また唐突な。さすが五歳児。自由だな。

「好ききらいか。食べ物？」

「そう食べ物。お兄ちゃん、きらいなものある？」

「シイタケ」

「ぼくもきらーい」

利久斗が、うえー、って顔をした。

「おいしいし栄養がある、ってママは言うんだけど、だからって食べるかどうかはわかんないよね」

微妙に大人っぽい言い草に、凪はふきだす。

うん、子供ってかわいい。

「ナギが笑ってる！　ナギはシイタケ食べれるの？」

「俺、好ききらいないもん。大人だからね」

母親いわく、昔から、特に食べられないものもなかったらしい。

「ナギ、甘いもの好きじゃないって言ったよ！」

「甘いものは好きじゃないけど食べられるから、好ききらいには入らないね」

「ナギがむずかしいこと言うー！」

利久斗が大和に訴えた。

「甘いものは嗜好品《しこうひん》だからな」

「シコウヒン？」

「食事にどうしても必要なわけじゃなくて、好きな人はあったら嬉しい、みたいなもの。お酒とかね、そういった感じ」

「あー、お酒かー。ぼくはね、飲めない！」

「その年齢で飲んだら大問題だよ！」

凪はびっくりして叫ぶ。

「だから、飲めないし、飲まないの。ねえねえ、いつ明るくなるの？」

本当にコロコロと話題が変わる。

でも、それも楽しい。

「この時期はあと一時間ぐらいしないと夜が明けないよ」

「えー、そんなにー？　じゃあねー、寒くなったから帰る！　ぼく、ココア飲みたい」

「ココアね、いいよ、淹れてあげる」

大和が即答した。本当にやさしい。

「淹れてくれるの？　ぼく、わがまま're すぎるなー。だめだなー」

ちゃんと反省してる。

「でも、ココアありがとう！」

「どういたしまして。風邪引くと大変だし、みんなであったまろう。凪はどうする？」

「俺もココアで」

ひさしぶりに飲みたい。ここまで冷えると、甘くてあったかいものが飲みたくなる。

「ナギがぼくの真似してるー！」

「そうだよ。俺は利久斗の真似をするんだ」

「きゃー！　真似っこだー！　逃げろー！」

利久斗がぱっと手を離して、玄関に向かって走り出した。凪と大和はそのあとを追う。

「こないでー！　つかまるー！」

「つかまえるぞー！　もっと早く逃げろー！」

「ぎゃー！　お兄ちゃん、助けてー！」

「ぼくもつかまえる方だよ」

「裏切り者だ！」

「そんな言葉、よく知ってるね」

「ぼくは物知りなんだよ。逃げろー！」

「がんばって逃げな」

そんなことを言いつつ、三人で笑いながら庭を走り回る。

すごく楽しいと思った。

二月の寒い朝の散歩がこんなに楽しいなんて。

5

ここに来てから一週間がたっていた。三日ですむ、という凪の希望もむなしく、今日もまだベビーシッターをやっている。

「ナギー！」

はい、利久斗はいつも元気だね。

「ぼくねー、サッカーを見たい！」

「見たい？」

したい、じゃなくて？

「そう。サッカーしてるとこ見にいこー」

「どこに？」

「それは、お兄ちゃんに聞いてよー」

「そうだな。そういうのは大和さんにまかせよう」

さて、大和はどこにいるのやら。

母親探しはもちろん、組員一人を襲って逃げた半グレもすぐに見つかると思っていたようで、それがうまくいかなくて最近はみんなピリピリしている。さすがに屋敷内の構造も頭に入って、迷うことはなくなった。だれかれなしに声をかけなくてすんで、ほっとしている。

ピリピリしたヤクザって本当に怖い。

そんな中、大和だけはいつもと変わらずに穏やかだ。それが頼もしくもあり、怖くもある。

だって、平気なわけはないよね？　メンツとかもあるんだし。

平静を装っているのか、本当に平静なのか、どっちにしろ怖い。人間ができているというよりも静かに怒っていそうで、二人が見つかったときに大和がどうなるのか想像すらできない。

というか、したくない。

「お兄ちゃん、どこかな？」

無邪気に笑う利久斗には、ずっとそのままでいてほしい。大人の汚いところとか、ヤクザの怖さとか、知らないでいてほしい。

無理な願いだとわかってはいる。

「どこかな？　探そう」

「おー！」

利久斗が片手をあげて、はりきって歩きだした。凪はそのあとからついていく。利久斗もさすがにもう迷わない。

「ねえ、ナギ」

「ん？」

「サッカー見るのっておもしろいかな？」

「どうだろう。俺はおもしろいけど、利久斗がどう感じるかはわかんない」

凪はサッカーをやるのも見るのも好きだった。ただ、利久斗が見て楽しいかどうかはわからない。だから、見てみたらいいと思う。つまらなかったら途中で帰ってもいいんだし。スポーツ観戦はそのあたりとても自由でいい。

「じゃあ、見てみる！」

好奇心旺盛なのはとてもいいことだ。

「どこかなー？　お兄ちゃーん！」

いくらうろうろしてても会えないので、利久斗が叫んだ。大和はここという居場所がない。部屋はあるけど、そこには寝るときぐらいしかいない。いまは特に動き回っている。

「あ、そうだ。おじちゃんとこ行こう！」

おじちゃんは組長のこと。

やだよ！　あの人も怖いし！

組長はこの状況をどう考えているのか、ただじっと動かずにいる。俺の出番はまだまだ、と思っていそうで、そして、その出番がきたらどうなるのか、それもまた想像したくない。

「おじちゃーん！」

利久斗は凪の心など知らぬまま、組長部屋へ向かった。最初に話をしたところは応接間みたいなもので、組長部屋はまた別にある。大きな机と椅子、パソコンが何台か、壁には本棚がずらりと並べられていて、そこにはむずかしそうな本ばかりが置いてあった。畳なのに装飾は近代的で、そのアンバランスさが凪はなぜか妙に気に入っている。

この本を組長は読むんだろうか、と考えたのが顔に出たのか、ある日、教えてもらった。どうやら大和の本らしい。なるほど、大和なら読みそうだ。

「こんにちはー！　お兄ちゃん、いますか？」

ノックもせずに開けるな！　ふすまだけど！　それでも、ノックしろ！

「おお、利久斗。大和はいま出かけてるぞ」

あ、やっぱり。

「ぼく、サッカー見たいんだけど、おじちゃん、一緒に行こう！」

誘うな、誘うな！　ヤクザの組長が行くわけないだろ！

「サッカーか。おもしろそうだけど、俺はやることがありすぎてな。ここを離れられないんだ。だれかに連れてってもらうか？」

「お兄ちゃんかおじちゃんじゃなきゃ、やだー。ほかの人たち、なんか怖いんだもん」

利久斗も周りがピリピリしているのに気づいてたのか。まあ、でも、あの雰囲気ならわかるよね。

「あー、すまんな。あいつらは、まだ修行が足りん。俺や大和ぐらいになると、いつかかならずどうにかなる、ってわかってるから平常心でいられるが、今回がはじめての抗争のやつらもいて、功績をあげようとがんばりすぎてる。一生隠れられるわけじゃないんだし、むしろ、一生隠れてるならほめてやってもいい。ただ、そこまで金を稼いではないだろうから、一生は無理だな」

なるほど。

「何を言ってるのか、まったくわかんなーい」

だろうね。利久斗にはこのままずっとわからなくいてほしい。

「大和が帰ってきたら部屋に行かせるから、それまで家にいないか？」

「うーん、いいよー！　お兄ちゃんいないとつまんないし。ナギ、じゃあ、ちがうことして遊ぼー！」

「わかった」

退室しようとすると、組員がやってきた。

「あ、凪さん。凪さんのお母様がいらっしゃってます」

「は？」

母親が？　なぜ？

凪に連絡のひとつも寄こさないのに。

そう、ここに来て一週間、母親から、元気でやってるかどうかの確認もない。凪の存在を忘れているんじゃないかと思う。

「俺に会いにですか？」

「いえ、ちがいます。組長に用事が…」

「こんにちは。今日は…あら、凪、いたの？」

いたの、じゃないわ！　いるに決まってるだろ！

「あ、利久斗くん。こないだはちょっとしか会ってないけど、相変わらずかわいいわね」

「ぼくはかっこいいんだよ！」

利久斗がいつもどおりの反応をする。

「じゃあ、かっこよくてかわいいわね」

「やったー！」

利久斗が喜んで飛び跳ねた。

うん、かわいい。

「ねえ、何しに来たの？」

まさか、利久斗をかわいいとほめにきたんじゃないよね？

「あ、そうそう。うちに脅迫状が届いたんですよ」

「は？」

「はあ？」

「えー！」

組長、凪、利久斗の順に声が出る。利久斗はたぶん、何にもわかっていない。

「キョウハクジョウって何？」

ほらね。

でも、いまは利久斗のことをかまっている暇はない。

「いつですか？」

冷静に問いかけるのは組長。さすがだ。

「三日前ぐらいかしら。あんまり気にしてなかったから覚えてないわ」

「え、うちってそんなに頻繁に脅迫状が届くの？」

凪だったら、脅迫状なんてもらったらすぐに警察に行く。ただのいたずらだとしても、脅迫状を出そうと思うような人が周りにいることがいやだ。警察になんとかしてもらいたい。

「脅迫状が頻繁に届くわけないじゃない。うちなんて、別になんにもしてないんだし」

「だったら、なんでそんなに平気そうなんだよ」

やっぱり、この人のことはよくわからない。

「さっきまで、きれいさっぱり忘れてたから」

どうやったら、脅迫状のことを忘れられるんだ！

「その脅迫状をうちにどうにかしてほしいってことですか？　もちろん、若本さんにはお世話になっていますのでやらせていただきますが、一般の方はヤクザと関わりにならない方がいいと思いますよ。できれば、警察に相談した方がいいです」

すごい。まともだ。

組長の方が母親より常識人に思えてくる。

「いえいえ、とても平和な写真なんですよ。凪と利久斗くんが手をつないで外を歩いてるところで。こちらの方が様子を知らせてくれたのかと思ったんですけど、さっき、一緒に手紙が入っているのに気づいたんです」

さっき！　のんきだな！

「おまえの息子がひどい目にあいたくなかったら、息子に命令して、この子を連れて二人きりで外出させろ、そうしたら、おまえの息子だけは助けてやる、って。まさか、そんなことできるわけがないじゃないですか。うちの息子なんてどうなってもいいから、利久斗くんを助けますよね、普通は」

どうなってもいい、ってどういうことだよ！　どっちも助けろ！

「今日はお友達とディナーの約束をしているんです。それで、途中、ここに寄ろうと思いまして。ちょうど通り道なので」

待って！　いろいろ待って！

脅迫状を届けるために来たんじゃないのか！

「はい、これをどうぞ」

母親が組長に脅迫状を手渡した。組長がすぐに中身をたしかめる。

母親の言っていたとおり、凪と利久斗が手をつないで笑顔で歩いている写真と、おなじく写真大のぺらぺらの紙に印刷された脅迫状。

「こんにちは。凪のお母様がおいでだとうかがいました。ごあいさつを、と思いまして」

タイミングよく大和が入ってきた。どうやら、外出から戻ってきたらしい。

「大和、帰ったのか」

「ひとつ、用件が終わったので。こんにちは。おひさしぶりです、凪のお母様」

大和がにこっと笑った。

どくん、と心臓が跳ねるのはいつものこと。もう慣れた。

いや、別の意味でまったく慣れていない。

美人は三日で飽きる、とか言ったバカはだれだ！　いつも新鮮に大和のかっこよさに驚くんだけど。

「あ、どうも、おひさしぶりです。凪の母です。独身です」

目をきらきらさせるな！

たしかに、大和はいい男だけど、独身ってなんだ！

「嘘つけ！　父さんに言いつけるよ！」

「気にしないわよ、あの人は。いまは仕事一筋なんだから。三月が終わるまでは俺はいないものと思ってくれ、って。朝早く出て、夜中過ぎて帰ってくるわ。帰ってこない日もある。あれだけ働いていると大変よね」

「いまの時点で？」

まだ三月にもなってない。三月は決算月で、毎年、ほとんど家にいない。それはわかっている。

でも、早くない？

「そうなの。今年は例年より忙しいみたい」

それはお疲れさまです。

父親がきちんと働いていてくれるから、母親ものんきにディナーに行けるし、凪もバイトもせずにこれまで暮らせてきた。

いまはヤクザの家でベビーシッターをしてるけどね！

「まあ、いいことなんだけど。お給料がすごく増えるから。残業代ってすごいのよ」

「え、父さん、残業代つくの？」

管理職になるとつかないんじゃなかったっけ？

「残業代って、だれでももらえるんじゃないの？」

「俺が知るわけなくない？」

会社に入ってもないのに。

「もらえるんですっけ？」

組長に聞くな、組長に！　残業代とかとかけ離れた世界の人たちなんだから。

「管理職というか、管理監督者として会社と契約してれば出ませんし、してなければ出ます。あとは役職に関係なく午後十時を過ぎた分は出ます。なので、そんなに遅くまで働いていらっしゃると出ていると思いますよ」

組長のかわりに大和が答えた。

うわ、インテリヤクザだ！　やばい、かっこいい。

こういうことをちゃんと知っているのも、新しいヤクザ組織のためだろうか。

「あなた、顔だけじゃなくて頭もいいんですのね。法学部？」

「いえ、そういう自分で学べることは大学ではやらずに、教わらないと細かいところがわからない語学にしました。これから先のことを考えて、スペイン語と中国語、あとは趣味でアラビア語ですね。それらを大学院まで進んで学んで、どれも通訳ができるぐらいにはなってます。英語は高校までの知識でどうにかなるので、それもできます。パソコン関係は専門学校に行きました。その方が簡潔に知りたいことを学べるので。ほかには社労士《しゃろうし》の資格も持ってますよ。宅建《たくけん》、税理士もありますね。弁護士はなるのに時間がかかりすぎて、あとは持っていても開業しないと意味がないのでやめました。ほかに質問はありますか?」

自慢じゃなくて、母親が聞きそうなことを先回りして答えたのか。

さすが、大和。母親の好奇心旺盛なところを見抜いている。

「うちの凪のお婿《むこ》さんになりませんか?」

「はああああ?」

バカじゃないの！　なに言ってんだよ！

「そこまで先を見越してる人なら、凪に経済的な不自由をさせないでしょうし。わたしとしても大歓迎です」

俺が大歓迎じゃない！

「そうですね。考えておきます」

あしらい方がうまいな。否定でも肯定でもなく、考えておきます。いつまでに考えるとも言ってないし、このままうやむやにできる。

さすがインテリヤクザ。

「そうですか。それでは、凪をよろしくお願いします」

どうして、こう都合よく解釈できるんだ！　考えておきます、って肯定じゃないぞ！

あ、そうだ！

「俺ら、男同士だから結婚はできません」

理詰《りづ》めでいこう。

「事実婚でいいじゃない」

どうして、そういうところだけ自由な考え方なんだよ！

「わかった！」

利久斗が叫んだ。

そういえば、利久斗の存在をすっかり忘れていた。母親が、お婿さん、とか突飛なことを言い出すから。

「お兄ちゃんとナギが結婚するんだね！　おめでとう！」

わー、ぱちぱちぱち、って口で言いながら、手もたたいている。

ううっ、かわいい…。

かわいいって卑怯《ひきょう》だ。

「ぼくはようやくわかったよ！　だから、おじちゃんとナギのママがいるんだ。結婚のごあいさつだね」

そういうの、よく知ってるな、五歳児め。

「じゃあ、ぼくはお兄ちゃんとナギと暮らすの？　ひゃほー！」

ぴょんぴょん飛んでる。

「ぼくねー、ずっとこの三人で暮らせるといいな、って思ってたから、よかった！」

「ママは？」

思わず、冷静に聞いてしまう。

だって、利久斗の母親とは五年間も一緒にいたんだよ？　おなかの中にいたときから数えると、もっと。

利久斗の話を聞くかぎり、ひどい母親でもなさそうだし、事情があって利久斗を預けている感じだ。

利久斗だって母親に会いたいにちがいない。

「ママはね、しばらくは一緒にいるのは無理なんだって。なんか、シンコクナジジョウとやらがあるんだって。これはね、覚えさせられたの。意味はわかってないよー」

利久斗がにこにこしている。

「深刻な事情？　どんな？」

「ママといると、ぼくが、ありえないほどの危険ととんでもないフリエキをコウムルんだって。ところどころわからないけど、とにかく危ないんだよ。ぼく、危ないの、やだー」

ここだって危ないわっ！　半グレとの抗争真っ最中だし！　そこに送り込んでくるな、

利久斗のママめ！

「とにかくね、ママとはいっぱい話して、おたがいに、それでいいよ、ってなったの。だから、ぼくはここでお兄ちゃんとナギと暮らすよ。結婚おめでとう！」

バンバンって大きな音を立てて手を叩いてる。

くそー、やっぱりかわいい。

「結婚はしない」

「しないの!?」

そんな目をまんまるにして驚かなくても。

「なんでー！　お似合いなのにー！」

「大和さんのことを恋愛対象として好きじゃない」

「レンアイタイショウ？」

「結婚する相手ってこと」

「おや、残念。ぼくは凪のことを恋愛対象として好きなのに」

「よけいに混乱させないでください！」

大和はおもしろそうにくすくす笑ってる。

いたずら心でそういうこと言われると困るんだけど。もしかして、この中で常識人って俺だけ？

「お兄ちゃん、ふられちゃったー！　かわいそうだー！」

利久斗が、うえーん、と泣きだした。これ、本気で泣いてるんだよね…。

「どうして、お兄ちゃんじゃだめなの！　ぼく、ナギをきらいになるよ！」

「わたしもなるわよ。大和さんのどこがいけないのよ」

母親まで一緒になって楽しむんじゃない！

組長、助けて！

「なるほど。凪くんなら、なかなか度胸もあるし、利久斗のこともちゃんと面倒を見てくれてるし、何よりもここに一緒に住めるからいいかもしれんな」

おまえもか。

「ほら、というわけで、凪はぼくと結婚しよう」

「しよー！　ぼくね、結婚式って出たことないんだ。あれ、すごいんでしょ？　幼稚園で結婚式出た子がいてね、すっごいいろいろ話を聞いたの。なんでも食べれるんだって。パフェって言うらしいよ。ぼくもパフェしたい！」

ビュッフェな、ビュッフェ。

語感は似てはいるけれど。

「じゃあ、そのパフェをしにいこうか」

成長すれば、そのうち言葉は自然に治る。いまは、このかわいい言い間違いを訂正せずにいたい。

「そうね。脅迫状のとおりに二人でパフェすればいいんじゃない？　それで、あなただけさらわれなさいよ」

…本当にこの人は。

ビュッフェよ、と訂正しないのだけはいい。

「俺だけさらわれてどうするんだよ！」

相手は利久斗を手に入れたいんだろうに、なんの意味もない。

「子供を危険にさらすわけにはいかない！　俺をさらえ！　ってタンカ切ってやりなさい。相手もヤクザなの？」

「半グレです」

「半グレ…？」

大和の答えに、母親は、なにそれ、みたいな表情してる。

「ヤクザにはなりたくないけど悪いことはしたい、みたいな人たちのことです」

「ヤクザにならないのはどうして？」

「ヤクザはしきたりがあって面倒だし、指定暴力団になると生活面でいろいろ不便だし、いまはもうヤクザになるような時代じゃないんでしょう」

「あなたは？」

母親が大和を見た。

「お若いし、それこそ、そんな知識があればヤクザじゃなくて半グレでいいと思うのよ。これから先、ヤクザに将来がないとわかっているんなら、どうしてなったの？」

「看板掲げないで悪いことをするのは好きじゃないです。ヤクザです、悪いことします、だから、あなたも気をつけてください、だまされる方が悪いんですよ？　っていうのが好きです。それに、警察からいつも見張られている中で悪いことができた方が燃えるじゃないですか」

にっこりと笑っているけど、言っていることが怖い！

なんだ、その理論！

「すごい！」

母親が勢いよく拍手をしている。

「わたし、そういう人が大好きなの。どんなものでも、ちゃんとプライドを持ってやってほしいわよね。人権を奪われてもヤクザでいたい、ってすごいことじゃない？」

いやー、どうだろ。人権があって穏やかな生活がいいと思うよ。

本当に、わが母親ながら意見があわない。

「あ、利久斗くん、退屈そうね」

ちゃんと利久斗のことを気にかけているのはすごいと思う。

「だって、なーんにもわかんないんだもーん。でもね、ぼくね、楽しいよ！」

利久斗がにこにこしている。

「こういう話になると、子供はあっち、ってやられるのに、いまはちゃんと聞けてるから。ぼくはねー、お兄ちゃんとナギが結婚して、この家を継げばいいと思う！」

アホか。絶対にいやだ。

さすがに利久斗にそんなきつい言い方はしないけど、とにかくいやだ。

「わたしもそう思うわ。利久斗くん、気が合うわね」

「気が合うね」

いえーい、ってハイタッチしてる。

すぐに仲良くなったのはいいけど、そんなところで意気投合しないでほしい。

「あ、そうだ。わたし、ディナーに行かないと。約束の時間に遅れちゃう。それじゃあね」

「さっき、話を聞いていて思ったんですが、お母さん、お一人なんですね。見張りをつけておきます」

組長が少し軽めな口調でそう告げた。あんまり深刻な感じにしたくないのがわかる。

あ、そうか。父親がほとんど家にいないから、一人なのか。脅迫状が届いたってことは住所を知られてるってことで…。

ちょっと待って、怖い！

自分に何か起こるのもいやだけど、母親だって無事でいてほしい。

「お願いします」

さすがに母親一人にしておきたくはない。

「え、だれに見張りをつけるの？」

おまえだあああああああああ！

母親じゃなかったら、そう怒鳴ってやりたい。母親でも怒鳴りたい。

能天気すぎる。

「あなたにですよ」

大和がやさしく言っているのに、母親は時計を見た。

自由だね、本当に。

「あ、すみません、本当に時間がないわ。わたし、もう行きますね。利久斗くん、また会うときまで元気でいるのよ」

「はーい！」

利久斗が元気に返事をした。

「じゃあね」

「俺にもなんか言ってけ！」

「あなたは、そのうち帰ってくるでしょ。あ、そうそう。利久斗くんを危険な目にあわせないように、ちゃんとするのよ。ボディガードなんだから」

「ベビーシッター！」

「似たようなものでしょ。それでは、お邪魔しました」

「あ、見張りつけておきますんで」

「そうですか。いらないですけど、一応ありがたく受けておきます」

よけいな一言入れんな！

母親はそそくさと出て行った。夜の会食をよっぽど楽しみにしているらしい。

「あの人から生まれたのか」

大和が感心したようにうなずいた。

「父はまともですから！　あの人がちょっとおかしいだけで！」

凪は必死で言い訳する。

「天真爛漫《てんしんらんまん》とは、あの人みたいなことを言うんだろうな。大和、見張りの選定を頼む。うちも結構ギリギリだから、大変かもしれないが」

「そこはプロに頼みます。うちのやつらがうろうろしてたら、さすがに相原さんのところに迷惑がかかるので」

「あ、それがいいな。そうしよう」

組長がうなずく。

「なんか、すみません。うちの母までお世話してもらって」

「いや、そっち方面にまったく気が向いてなかったうちの落ち度だ。でも、まあ、収穫はある」

「この近所に見張っているやつらがいるってことですよね」

「そうだ。脅迫状を出して、うまくいけばしめたもの、ぐらいの考えだろう。つまり、やつらは、いつ二人で出てきてもいいようにこの周りにだれかは配置している。しらみつぶしに探せ」

「もちろん」

ぞわり。

凪の背筋が震えた。

この人たちは、やっぱりヤクザだ。やると決めたときに迷いもないし、その結果、どうなるかなんて想像したくはない。

「お兄ちゃん、ぼく、サッカー見たい！」

そんな中、無邪気に割り込む利久斗。

本当に利久斗がいると場がなごむ。ほっとする。

「サッカーか。いますぐ？」

「いますぐ！」

「わかった。どこへ行こうか」

「え、いいんですか？」

「ぼくが出ていっても意味がないから、ここは指示だけだよ。待っている間は暇だし、近所にサッカー練習しているとこぐらいあるよね。それとも、試合を見たい？」

「なんでもいい！」

「なんでもいいのか。じゃあ、行こう」

「わーい、行く！」

「大丈夫ですか？」

だれかが見張っているのに？

「ぼくがいたら手を出さない。それほどバカじゃない。いままでも無事だったよね？　だから、大丈夫。半グレも、さすがに手を出していい人間とそうじゃない人間は区別しているよ」

なるほど。

「利久斗を家に閉じ込めておくことはしたくない。子供は外に出て、いろいろな刺激を受けるのも大事だからね」

それはたしかに。

「というわけで、準備して行こうか」

「おー！」

利久斗がこぶしをあげた。

本当にかわいいね、君は。

「ナギ、着替えよー！　お部屋までダッシュだ！」

走りだした利久斗を追いかけて、凪も部屋に向かう。

ベビーシッターも楽じゃない。

6

今日はサッカーの試合をやっていなくて、近所のクラブチームの練習を見ることにした。だれでもご自由にどうぞ、となっているので、ちらほら見学者がいる。

利久斗はサッカーの練習をわくわくしながら見て、楽しいね！　って笑って、そのまま、ことん、と大和の膝の上で寝た。楽しんでくれたみたいだから、連れてきた甲斐《かい》はある。

「さて、どうするかな」

大和が、ぽつん、とつぶやいた。

「帰ります?」

凪も大和もサッカーの練習を見たいわけじゃないし。

「ああ、いや、そうじゃなくて。脅迫状の件をどうするかな、って」

「俺はいやですよ！」

おとりとかになりたくない。

「大丈夫だよ」

　大和が苦笑した。

「あっちとちがって、うちはカタギを巻き込まないから。凪はまあいいとしても、利久斗に何かあったら困る」

「俺もよくないですよ！」

　なんてことを言うんだ。

「冗談だよ」

　大和がくすくす笑っている。こうやって普通にしていると、ヤクザには絶対に見えない。いいお父さんって感じ。

「利久斗はぼくの息子だから巻き込まれるのはしょうがないとして、凪は完全にとばっちりだからね。よく、ヤクザのベビーシッターなんてやろうと思ったね」

「ヤクザだって知ってたら断ってました」

　そう答えて、はっとする。

　とんでもなく失礼なこと言ってない？　本音ではあるけれど、口にしなくてもよかった。

「だろうね。ヤクザがきらいって言ってたしね。いや、わかるよ。普通はきらいだよね。ヤクザにならないのにヤクザが好きって人は、あんまり信用できない。じゃあ、なればよくない？　って思う。ここにいる人たちみたいに才能がないとできない職業ではないんだし」

大和が練習しているサッカー選手をちらっと見た。

「ヤクザが好きな女性もいません？」

女性はヤクザにはなれない。

「ああ、女の人はいいんだよ。あれはあこがれだから。きみのお母様みたいに、ヤクザでもなんでも関係ない、って人はめずらしい。ものすごくフラットな方だね」

母親についての評価はうなずける。いままで考えたことはなかったけど、あの人は何に対してもフラットだ。先入観とか偏見がない。

そこはとてもいいところなのだと思う。

「そうですね。変わってますけど」

「変わってない人なんている？　だれでもどこかは変だよ」

「大和さんも？」

「ヤクザにならなくてもいいのになった。ぼくは、別のことやった方が成功できるしお金も稼げるしなんの制約もなく暮らせるんだよ。それでもね、その道はつまらないんだ」

自分のことをきちんと分析できている。

「俺は平穏な暮らしがいいです」

「うん、凪はそういう子だよね。とっても普通でとってもいい子。不本意ながらヤクザのところでベビーシッターをやっているのに、利久斗に対してとてもやさしいし、うちの若い子たちとも普通に接してる。普通ってむずかしいんだよ」

「むずかしい？」

「きらいだと、どうしても嫌悪感が出るからね。ふいに声をかけられて、びくっ、としたり。ヤクザになるような子たちだから、他人の悪意には敏感なんだよ。悪意には悪意で返すことしか知らなくて、へえ、そういう態度なんだ？　じゃあ、こっちも、ってなる。だから、ぼくの知らないところで凪がそういう態度をとっていたら、みんな、あんなに自然に凪に話しかけたりしない。凪さん、凪さん、ってみんなが親しげに呼んでるの見て、よかったな、って思った。凪がそういう子でよかった、って。ありがとう。きらいなのに普通にしててくれて」

「いえいえいえいえいえいえいえいえ…」

ああ、どうしよう。顔が真っ赤になる。

そんなほめられるようなことも、お礼を言われるようなこともしていない。

いやだな、と思いながら接していたわけじゃない。それはたしかだ。

だけど、どうしてヤクザなんかやってるんだろう、とは常に思ってる。もっとちゃんとした仕事をすればいいのに、と。

「みんな、ちゃんとした仕事をすればいいのに、って思ってるよね？」

「エスパーですか！」

どうして考えてることを読まれたんだろう。

「だいたいみんな、そう思ってるから。エスパーじゃなくてもわかるよ」

大和はずっとやわらかい笑みを浮かべている。それは、怖い、とか、すごみがある、とかじゃなくて、本当にやさしい感じで、こっちまでにっこりしたくなる。

「この世界でしか生きられない人がいるんだよ。ちゃんとした、ができない子たちが。ヤクザが必要悪だとは思わない。大部分の人にとっては必要のないもので、いろんな法律ができてしまった以上、そのうち淘汰《とうた》されるだろう」

「大和さんは、ヤクザがなくなったらどうするんですか？」

ヤクザがなくなる。

そんな日が来るんだろうか。

「ぼくもそれをずっと考えているんだ。半グレみたいなことはしたくないんだよ。だって、毎回アジト？　なのかな？　まあ、そういう集合場所を変えるのはめんどくさいし、警察にいつ目をつけられるのかを待ってるのもいやだ。完全に目をつけられていての活動の方がやりがいはあるよね」

ない！　絶対にない！

「じゃあ、いっそ海外に行ってマフィアに入るかというと、あっちは薬が主な儲けだから、ぼくの主義に反する」

海外！　マフィア！

話が大きすぎて、ついていけない。

「カタギになるっていうのはどうでしょう」

それがいい。利久斗を任せても安心できる。

「いったんヤクザになったら、カタギになってもなんにもできないんだよ。家を貸してもらえない、銀行口座も作れない、クレジットカードも無理、っていう状況は変わらない。いつヤクザに戻るかわからないから、警察からはマークされっぱなし。そういうこともすべて考慮に入れて、ぼくはヤクザになることにしたんだ。だから、ヤクザがなくなっても、ヤクザっぽいことをする。半グレだけになったら、それに対抗する何かが生まれるから。ぼくはそれになるよ。開拓者《かいたくしゃ》ってかっこいいよね」

ヤクザっぽいものじゃなければね！

「どうして、そこまでヤクザがいいんですか?」

「かっこいいから」

まあ、たしかに、映画とかで見るヤクザはかっこいい。いろんな映画が作られているのも、ヤクザに魅かれる部分があるからだ。

「あとは、やっぱり、まっとうに生きることができない人たちの中に、ぼくは入ると思うんだ。だから、看板を背負って、違法すれすれのことをしますよ、って宣言してから行動を起こしたい」

「そうなんですね」

凪が何を言っても、どう説得しても、大和はヤクザを辞める気はないのだ。だから、次期組長を引き受けたのだろう。

大和の生き方だから、それはそれでかまわない。ベビーシッターが終わったら、関わりもなくなる。

なのに、どうして、もったいない、と思ってしまうのだろうか。

その、もったいない、が、どういう感情なのかもよくわからない。

「それよりさ」

大和がにこっと笑った。

「凪はぼくのお嫁さんになる気はないの？」

「はあ？」

凪は目を見開く。

「みんなにお似合いだって言われてるんだから、結婚しちゃおうよ」

「俺は男ですよ！」

結婚できない…、いや、待て。

結婚したくないんだ！

そう、できない、じゃなくて、したくない。

それは、大きなちがい。

「事実婚でいいよ。ヤクザの伴侶《はんりょ》になると、凪もヤクザとおんなじに見られて普通の生活ができなくなる。そんな覚悟はないよね？」

いや、だから、覚悟のあるなしじゃなくて、ヤクザの伴侶になりたくない。

「凪、ぼくのこと好きでしょ？」

「はああああ？」

あまりの驚きに、すごい声が出た。大和が凪を見て、ぷっとふきだす。

「そんなにいやそうな顔しなくても。ただの冗談なのに」

「あ…そうですか…」

びっくりした。本気かと思った。

「でも、ちょっとは好きだよね？」

「どういう好きですか？」

「こういう好き」

引き寄せられて、キスをされた。唇が触れたことに気づいた瞬間、凪はたぶん人生で一番ぐらいに目を丸くする。

俺、何されてんの…？

ちゅっ、ちゅっ、と吸われて、唇が離れた。

「どうだった？」

「何が…ですか…？」

「ぼくのキス」

「最悪でした」

そう答えたら、大和が爆笑する。

「そんなことはじめて言われた。いやだった？」

「いや…」

どうなんだろう。

凪は自分に問いかけてみる。

大和にされたキスはいやだったのか。

いや、ではない。驚いた。でも、別にされたいわけでもない。

おかしい。

男にキスされたら、もっと嫌悪感とかあってもいいはずなのに。

「もう一回して、たしかめてみる？」

「結構です！」

凪は慌てて、大和との距離を開ける。

もう一度キスをされて、それでもいやじゃなかったら？　またびっくりして、最悪だ、と思って、でも、嫌悪感はない。

そんな結果になったら？

「んー…」

利久斗が身じろいだ。

起きて！　いまこそ、あまり寝ない特技を発揮するんだ！

「起きるかな？」

大和が利久斗の髪を撫でる。

「利久斗、本当に寝ないですよね。大丈夫なんでしょうか」

「利久斗がきた日にかかりつけ医に診てもらったけど、完全に健康体だった。その後も、全然寝なくて周りが死んでます、って相談したら、子供の睡眠時間は本当にマチマチだからね、あれだけ健康なら大丈夫だよ、って言われたんだよね。だから、利久斗に関しては心配しなくていい。凪は大変だろうから、ちょっと心配」

心配してくれてたんだ。

それを嬉しいと思ってしまう。

どうしてだろう？　ベビーシッターにきて以来、あんまりだれにも心配されてないから？

「俺は大丈夫です。長くても春休みが終わるまでしかベビーシッターはできないですし、その前に解決しますよね？」

どっちかは。それとも、どっちとも。

「近いうちに半グレの方は解決すると思うよ。うちの裏門を見張れるような場所って、そんなにないし。脅迫状を出したのがまちがいなんだよね。接点を持とうとすれば、そこからかならず足がつく。ただ、母親の方はね、連絡しようとしないだろうから。頭がいい人なんだな、って思ってる。完全に行方をくらますのって、実は結構むずかしいんだけどね。

まあ、でも、片方が解決すれば、凪に頼らなくてもなんとかなるよ。凪が春休み中ベビーシッターをしてくれると助かるけどね。してくれる？」

「し…しませんよ！」

うっかり、します、って言いそうになってた。危ない。

「いいおこづかい稼ぎになると思うんだけど」

「なったとしても、やりません」

「どうしてー！」

利久斗がむくっと起き上がる。

「ナギ、ずっといてくれるんじゃないのー！」

利久斗がぷくっとふくれてる。

わー、かわいい。天使みたい。

「俺は大学があるの。ずっとはいられない」

「ダイガクってなあに？」

「利久斗が行ってた保育園みたいなもの。毎日行かなきゃなんないやつ」

「えー！　ナギみたいにおっきくなっても保育園いくの？　楽しそうだね！」

「楽しいよ。勉強しかしないけど、俺、勉強が好きだから」

これを言うと、たいていは驚かれる。

どうやら、勉強が好き、とはっきり言う人はめずらしいらしい。

だけど、知らないものを知るのって楽しい。特に大学になってからは専門的なものが増えて、ますます楽しくなってきた。あと三年間、きちんと学びたいと思っている。

「ぼくも好きだよ。知らないことを学ぶのって楽しいよね。あとは、知識って純粋に力だから。知ってないと損すること、知っていると得することがある分、勉強に時間を割くのは当たり前だと思っている」

「ぼくは勉強きらいだなー！」

利久斗が顔をしかめた。

「利久斗、きらいなんだ？」

大和が利久斗の髪を撫でる。

「勉強ってなにー！」

……いつものことだけど、知らないのに言うのはどうかと思う。

まあ、子供だからいいか。

「知らないことを学ぶこと。たとえば、利久斗ができないことがあるよね？」

「ぼくね、時計を読めないんだ！　ナギは読めるんだよ。すごいよね！」

まさか、時計を読めることで尊敬されるとは。

「時計を読めるようになりたい？」

「なりたいー！　それで、ナギにいばるの」

「それを教えてもらうのが勉強」

「じゃあ、ぼく、勉強好きだな！　ナギ、時計の読み方教えて」

「いいよ」

そうか、読みたかったのか。気づかなかった。

「いま？」

「いまはサッカー見るよ！　ねえねえ、あれは何をしてるの？」

選手たちはパス回しをしていた。

「あれはパスって言って、ボールをおたがいに蹴り合う練習。どのぐらいの強さでどんな風に蹴ったら届くか、とか、そういうのをやってるよ」

「へー！　ぼく、パスってしたことない！」

いつも凪と二人で対戦しかしてないからね。

「今日はあれをやろう！　ナギとパスするの。パスってできた方がいいんでしょ？」

「できないとサッカーにならないからね。サッカーって一人でするんじゃないんだよ」

「え！」

利久斗が目をまんまるにする。驚いたときのこの表情が本当にかわいい。

「そうなのかー。じゃあ、パスの勉強もするよ！　ぼく、勉強が大好きだなー！」

にこっとした顔は天使みたい。

利久斗は本当にのびのびと育っている。

「それはよかった」

大和はずっと利久斗の髪を撫でている。それが親子のようで、いや、本当に親子なんだけど、すごく微笑ましい。

「帰る！」

利久斗がすくっと起き上がった。

「え？　もう帰るの？」

「パスの勉強したいから帰る！　ぼくもね、負けないよ！」

「そっか。じゃあ、帰ろう」

大和も立ち上がる。凪もそれにつづいた。

手をつないで車まで戻る大和と利久斗を見ながら、いい光景だな、としみじみと思う。

「ナギー！　手をつないでくれないとだめだよ！」

「あ、俺も？」
凪は慌てて利久斗のところに行って、空いてる方の手をつなぐ。
「これで、いつも通りです」
嬉しそうな利久斗に、なんだか胸が締めつけられた。
いつか、いつも通りじゃなくなる日がくる。
それは、たぶん、遠くない。
寂しいな、と思う。
それと同時に、ほっとする。
だって…。
凪はちらりと大和を見た。
さっきされたキスのことを、まだ頭のどこかで考えている。
そんなのおかしい。
だから、早くここから逃げ出した方がいい。
手遅れにならないうちに。
何が手遅れなのかもわからないけれど。

「手遅れだった」

その日の夜、部屋にやってきた大和にそう言われて、凪はどきっとした。

まさか、また心を読まれた？

「ここだ、という場所は見つかったけど、もぬけの殻だった。それはそうか。脅迫状が来てから三日もたってるんだからね。というか、脅迫状を送るほどバカだとは思えなくて…」

大和が普段よりも深刻な顔をしている。

「どういうことですか？」

「脅迫状を送ると足がつく、ということを考えていないほど頭が悪いなら、これまでにとっくに見つかっているはずなんだ。それなのに、うちが全力で探しても見つからない」

大和が肩をすくめた。

「半グレがヤクザに手を出してくるのはいままでもあったけど、早くて一日、長くても三日ぐらいで見つかるんだよ。こっちも本気で探すから、手段を選ばなくなるしね。どこに逃げても、ヤクザは全国にいるから、情報を求めると入ってくる。そうするとどんどん逃げられる場所がなくなって、かくまっている仲間も、ヤクザが本気になるとやばかったんだな、そろそろ、あいつを差し出した方がいい、ってなるんだ」

ふんふん、なるほどなるほど。

どっちとも関わらずにこれからの人生を送るぞー！　そんな怖い人たちに近づきたくはない。

「そんな情報網を使っても尻尾すら見えなくて、本当にうまく隠れていた。それなのに、脅迫状を送るなんておかしいんだ。何にもしないで時間が過ぎ去るのを待った方がいい。まあ、こっちは絶対に忘れないからいつかはつかまえるけどね」

怖い！　聞かなかったことにしよう。

たしかに、あんな脅迫状を送ったら、用心するに決まってる。今回は逃げる時間があったけど…ん？

「あれって、普通なら届いた当日に知るはずですよね？　うちの母親が脅迫状に気づかなかったから今日になっただけで」

写真が一枚しか入っていない封筒が届いて、ほかに何か入ってないかな、と探さないのはどうかと思うけれど、まあ、あの母親のことだからしょうがない。

「そうなんだよね。当日に届いてたら、ぼくたちはさっさと動く」

「動きますよね」

あと三日早ければ、つかまえられていた。

　ということは。

「わざと脅迫状を送って、自分たちを見つけてほしい人があっち側にいるってことですか？」

「そうなるよね。移動したのはその行動がバレてしまったわけで、ぼくは、その人の身が心配だよ。生きているかな」

　ざわり、と背筋が凍った。

　その、生きているかな、が、そんなわけないよね、につづきそうで。

　そして、凪もおんなじことを思ってしまって。

　どういう意図で脅迫状を送ってきたのか、いまのところはわからないけれど、こっちの味方であるかもしれない。その人がひどい目にあっている可能性がある。

　そのことが怖い。

　本当に怖い。

　やっぱり、ヤクザにも半グレにも近寄りたくない。これが終わったら、一生距離を置いて生きていきたい。

「生きてます」

　生きていてほしい。

その願いをこめて、力強くそう告げた。

「凪はいい子だね」

大和の手がのびてきて、凪の頬を撫でる。

どくん、と心臓が跳ねた。

「凪みたいな普通の人が身近にいるのがとても新鮮だよ。話していても楽しい。ああ、そうか、ヤクザじゃない考え方ってこうなのか、って」

「ぼくは早く帰りたいです」

「すごく素直！」

大和が盛大にふきだす。

「まあ、そうだよね。ヤクザがきらいなのに、ヤクザの中にいるんだもんね。でも、できるなら、春休み中だけでもいてほしいな」

「俺、そんなにベビーシッターとして有能ですか？」

そこまで求められるほど？

「ちがうよ」

大和が、ふふ、と笑った。

「ぼくのお嫁さんになるんだよね？」

大和の手がまた頬にのびてきた。さっきとは明らかに意図がちがう。

逃げなきゃ。

そう思ったのに、いつの間にかキスされていた。

「んっ…」

凪は大和を押しのけようとする。なのに、その力は弱くて、まったく抵抗になっていない。

大和が何度か唇を吸ってから、舌で唇を舐めた。くすぐったくて、凪の唇が自然と開く。するり、と大和の舌が入ってきた。

舌と舌が触れ合って、ちゅく、と音がこぼれる。逃げたいのに、逃げられない。大和の舌に絡めとられる。

ふわり、と体が浮いて、気づいたらベッドに押し倒されていた。

キスをしたまま、ベッドに運ばれていたらしい。

こういうことに慣れてるんだな、と感心する。

いや、感心してる場合じゃない！　これは、まずい！

凪はどうにか大和を押し返して、唇を離した。

「だめです！」

大和を強くにらむ。

「何をするつもりなんですか!」

「え、セックス」

簡単に言った!

「したいなと思ったんだけど、だめ?」

「だめですよ!」

どうして、だめじゃないと思ったのか教えてほしい。

「そもそも、俺は男ですよ?」

「そんなの、最初からわかっているよ。ぼくは、男とか女とか、そういうのは気にしないんだ。気に入った相手がいたらセックスする。そのぐらい単純な方が、世の中は楽しいよ」

にこっと笑う顔は、やっぱりすごくさわやかでかっこよくて、ほわん、としてしまう。

だから、顔がいいってずるいんだよ!

「どう?　ぼくとセックスしてみない?」

「お断りします」

凪は大和を見上げてから、いまの体勢に気づいて慌てて起き上がった。

危ない。押し倒されたままだった。

「お断りされちゃった。残念」

大和も立ちあがって、ベッドから降りる。

「そこは押してこないんですか？」

「押してほしいの？」

「いえ、全然！」

凪は何度も手を左右に振った。

「でも、こう、ヤクザだから…」

「そこはヤクザと関係ないよ」

大和がくすくす笑っている。

「ぼくは無理強いはしない。セックスって、おたがいに前向きな状態じゃないと気持ちよくないしね。あと、いやがる人を説得する時間もムダ。ありがたいことに、したいと思ってくれる人はたくさんいるから、そっちとした方がいい」

「なるほど」

ということは、凪が拒否すれば無理にはされないってことか。

それはよかった。

「そのたくさんの人の中から、利久斗の母親を探さなきゃならないんですね」

「そうだね。これからは全員の連絡先を聞くようにするよ」

大和がくすりと笑う。

「連絡先を変えてたら、どうしようもなくないですか？」

スマホとか簡単に変更できるし。

「いまのは冗談だよ？　ぼくの子供が欲しいなら産んでくれていい。ただ、その子供をどうするのか、きちんと話し合って決めなきゃいけないのに連絡がつかないのが困るだけで。だから、探してる。見つかれば、それだけでいい」

たしかに。利久斗をどうすればいいのか、どうしたいのか、それを母親本人の口から聞くまではどうしようもない。

「そういえば、利久斗の戸籍とかはどうなってるんですか？」

「それもまったくわからない。本当にぼくの子供にしたいんなら、そういう処理もしなきゃいけないことをわかってないはずがないと思うんだよね。だから、考えられることは三つ」

大和が指を三本立てた。

三つもあるんだ？

「ひとつ、もう死んでる」

怖い、怖い、怖い！　最初からヘビーなのがきた！

「それだと探せない。その場合に利久斗をどうするのかは、ちょっと調べてみないとね。いくら法律を学んでいても、わからないことはわからない。ただ、利久斗をここに預けにくる前には生きていたから、その可能性は低いかなと思ってる」

そうか。利久斗を手放してから、まだ一ヶ月もたっていない。生きている可能性の方が高そうだ。よかった。

「ふたつ、どこかに入院してる」

「それは、俺もちょっと思ってました」

長い間、会えない。面倒を見られないから父親に預ける。地球を守るためにどこかにいってくる、という嘘をつく。

病気治療のためなのかな、と最初に思いついた。だけど、あまりよくない予測なので黙っていたのだ。

「病院は守秘義務がありますしね」

「まあ、そこはどうにでもなるんだけど」

怖いー！　いちいち怖い！

病院の守秘義務はちゃんと機能していてほしい。

「病院は日本中に山ほどあるから。なんの病気かわからないと、これまた手詰《てづ》まりになる。一応、大きなところには探りを入れてるものの、まったくといっていいほど情報がない。検索条件を絞らないと無理だよね」

よし、聞かなかったことにしよう。

「でも、これも死ぬやつだったら、きちんと話し合いをしてたと思ってる。だから、病気の場合は、治ったら解決するよ。これが一番簡単」

なるほど。死ぬかもしれない、もしくは、絶対に死ぬ病気なら、そんなあいまいな状態にしておかないか。だって、子供のことが心配だもんね。

「三つめ、どこかの国のスパイで、急に仕事が入って、潜入捜査をしなきゃいけないから利久斗を預けて活躍してる」

なるほど、なるほど。

って、待った！

「からかってますね？」

「ちょっとね」

大和はいたずらっぽい表情を浮かべた。

…なんだろう、どんな顔をしても魅力的に思える。

本当に、この人はずるい。

「最初のふたつの可能性が低い以上、絶対に三つめがあるはずなのに、まったく思いつかない。ぼくは、ほら、びっくりするぐらい頭がいいから」

自分で言ってるし。

「これまで何か起こったら、すべての可能性も考えて、それをひとつずつ潰していって、正解を導いてきた。そのぼくが、心から愛してきた子供を、一度しか会ったことのない、それもヤクザの父親に預けるシチュエーションっていうのが想像できないんだ」

「一度しか会ったことがないって、どうしてですか？」

「ぼく、たいていの人とは一晩しかセックスしない。継続的に会う人もいるけど、それだったら、さすがに覚えているし、妊娠してたらわかる。だから、一度しか会ったことがないんだ」

そうか。そういう世界があるのか。

そんなにもててみたいものだ。

「まあ、正直、利久斗を引き取るのはなんの問題もないし、この何週間かで覚悟もできた。問題は、利久斗の母親探しと半グレの犯人探しが並行していて、どっちにも十分な時間が取れないってこと」

大和が小さくため息をついた。

「どっちかに集中すればどうにかなるってわけでもないのがね。がんばっているのに進展がないのってこたえるね」

それはそうだ。努力してても成果が出ないと心が折れそうになる。

「こたえますよね」

「そう、こたえるんだよ。あ、もう、こんな時間だ。悪かったね、邪魔をして。そろそろ、利久斗が起きるんじゃないかな」

え、もうそんな時間？　と時計を見ると、まだ日付が変わってもいない。

びっくりした。からかわれただけだった。

「こんな時間に起きたら、さすがに、また寝ますよ」

「あの子、本当に寝ないよね。健康だからいいんだけど、育てるの大変だっただろうね」

「お母さんですか？」

「そう。一人でちゃんと育てて、あんなにいい子で、うん、感謝しかない」

大和は嬉しそうに笑った。

本当に利久斗のことがかわいいんだとわかって、微笑ましくなる。

「ぼくが育ててたら、いい子になってないかもしれないじゃない？」

「そんなことないですよ。大和さんはいい父親です」

これは本音。そばで見ていて、そう思う。

「なら、よかった」

大和が安心したように笑った。

「でも、この環境が利久斗にいいとは思えない。母親が見つかって、彼女が望むなら、母親のところに戻した方がいいんじゃないかな、とは思っている」

たしかに、ヤクザだらけなのはけっして環境がいいわけじゃない。

でも。

「利久斗の意見を聞いてあげてください。お母さんのところに戻りたければそうしてあげて、ここがいいって言うならそうしてあげる。親の都合でいまこんなことになってるんだから、利久斗の考えを尊重してあげてほしいです」

これは心からの願い。

あんなにいい子で、けなげで、かしこくて、やさしくて、まあ、ちょっと頑固だったり、うるさかったり、しつこかったりもするけれど、それでも、かわいいという気持ちの方が強い。

そんな利久斗には幸せでいてほしい。

「そうだね。本当にそうだ。凪はとってもいい子だね」

頭をわしゃわしゃと撫でられる。子供にするようで、微妙にちがう。

だから、いやな気持ちはしない。

「ありがとうございます」

ほめられたら、お礼を言う。

「じゃあ、そろそろ寝るよ。明日も朝から動かないと。本当にそろそろ解決するといいな」

「解決するといいですね」

これもまた心からの願い。

解決さえすれば、ベビーシッターをやめて家に戻れる。

「おやすみ」

ちゅっとキスをされて、凪は目を丸くした。

「大和さん！」

「セックスしたくなったら、いつでも言って。ぼくは大歓迎だから」

笑いながら、そう言われる。

「なりません！」

「わからないよ。可能性はゼロじゃないから」

「ゼロです！」

「おやすみ」

凪の抗議を無視して、大和は部屋を出ていった。

本当にもう、あの人は！

凪はほてった頬にそっと触れる。

「ゼロだよ！　絶対にゼロ！　だって、セックスしたいしたくないの前に、大和さんのことなんか好きじゃないし！」

本当に？

そんな声が聞こえてくる。

「本当に！」

大きな声で、その疑問を打ち消した。

「寝よう、寝よう。起きてるから、おかしなことを考えるんだよ」

凪はベッドに横たわる。さっき、押し倒されたときのことを思い出して、わーっとなりそうになるのをどうにかこらえた。

もう何も考えない！

7

「ねえねえ、ナギ」

部屋でおやつのホットケーキを食べながら、利久斗がそう言った。

「どうした？」

「あのねー、ぼく、映画が見たい！」

「いいよ。見よう」

サッカーをしたい！　走り回りたい！　お散歩に行こう！　よりも、映画を見たい、の方が楽でいい。

一緒に見てればいいんだし。

「ホント？」

「もちろん。どんな映画がいいの？」

「ぼくね、ぼくね、クモが大好きなの！」

へー、初耳。

「クモはいいよね。どこが好き？」

凪もよく空を見上げる。クモのない青空もとても好きだけれど、クモがあったらあったで楽しい。いろんな形をしているクモをじっと見つめたりする。

「八本も足があるんだよ？　すごくない？」

…なんか、予想外の方向に話が進んでいるぞ。

空のクモじゃなくて、虫…っていうか、節足《せっそく》動物のクモ？

俺は、あいつが苦手なんだ！　だって、怖いだろ、あの足！

「足がいっぱいあるほどかっこいいじゃない？」

いやいやいやいやいや、かっこよくはないから！

「クモが大活躍する映画があるんだよ！」

それはある。いわゆるパニックもの。

絶対に見たくないけどな！

「ナギも一緒に見よー！」

見るかあああああああ！

「それより、散歩でもしない？」

クモが怖いから見たくない、なんて言いたくない。凪にだってプライドがある。

「散歩かー。クモを探しに行くの？」

……あいつ、この時期にいるんだっけ？　夏だけ活動して冬眠とかしないか？

しないか。

「やったー！　ぼく、ずーっとクモを探してるんだけど、見つからないんだよね。お兄ちゃんに聞いたら、どこかにはいると思う、って言うんだよ。ナギと一緒に探そうっと」

冗談じゃない！　本物を見るよりも映画の方がまだマシだ。

「やっぱり、映画にしよう。俺も見たくなってきた。どれがいい？」

利久斗の部屋のテレビには有料配信系のさまざまな会社が入っている。最近のテレビって、こういうの直接入れられたりするんだね。知らなかった。

世の中がどんどん便利になっていく。すごいことだ。

「あのねー、なんか強いの！」

クモは強いだろう。足が八本もあるし、糸も出すし、巣も作る。

わー、見たくない。本気で見たくない。

「あとね、でっかいの！」

「でっかいの!?」

どうして、クモが大きくならなきゃいけないんだ！　小さくても、あんなに怖いのに！

「ぼっちゃん！」

ドタドタとすごい足音がしたと思った瞬間、ふすまが開いた。若い組員が飛び込んでくる。

「この方、この方、かたかたかた…」

…えっと、どうしたのかな？　大丈夫？　なんか、変なものやってたりしないよね？

「なあにー？」

利久斗はいつもと変わらない。こういうところ、すごいと思う。

だって、どう考えても相手の様子がおかしいのに。

度胸があるのか、大和に似て冷静なのか、どっちなんだろう。もしくは、なんにも考えてないのかもしれない。

「落ち着いてください」

凪は彼の肩をぽんぽんとたたいた。

「あの…このかたかたかたかた…」

「肩がどうかしましたか？」

肩を痛めていて、触っちゃいけなかったとか？

「この方！」

男が何かを見せようとするけれど、なんにも持っていない。

「おい、写真忘れてるぞ！」

また別の人が入ってきた。年配の、かなり上の地位にいると思われる人。

どういう序列なのかは知りたくないから詳しく聞いたりはしないけど、普段の様子を見ていればそのくらいはわかる。

「すいやせん！　動揺してましてて！」

「まあ、わかるけども。ぼっちゃん、この方はお母様ですか？」

画質の荒い写真は、それでも、顔の判明はできる。

「ママだ！　ぼくねー、ママの写真を持ってなくて残念だなー、って思ってたの。これ、くれる？」

「あ、どうぞ」

くれるんだ！　貴重な写真じゃないのか。

「わーい！　ママの顔ってどんなんだっけ？　ってなってたから、思い出せて嬉しい」

利久斗がしみじみと言いながら、写真を眺めている。

そうだよね。五歳ぐらいだと、何日も会わないと忘れちゃうよね。それまでの積み重ねが少ないんだし。

「じゃあ、おまえはぼっちゃんについとけ。いいか、何があっても守れよ」

「うっす！」

「凪さん、すみませんが私と一緒にきてください」

「え？」

「あと何人か、ここに来させますのでぼっちゃんは大丈夫です。ちょっと大和さんが面倒なことになってまして」

「大和さんが？」

「お兄ちゃん、どうしたの？」

利久斗がすかさず聞いてくる。

「ぼっちゃんは気にしないで大丈夫ですよ。何か楽しいことをしていてください。いま、何がしたいですかね？」

「ぼくね、クモの映画が見たいの！　おーっきいクモが地球を破壊するやつ！」

不穏だな！

「おい、探せ」

若い男にひとことそう命令する。

「えー、俺、クモはそんなに好きじゃ…はい！　いますぐ探します！」

目つきひとつで言うことを聞かせられるの、さすがすぎる。

そして、呼んでくれてありがとう、大和！

これで、クモの映画を一緒に見ずにすむ。

よかった。

どうせなら、大和の面倒なことの方が楽そうだもんね。


…いやー、全然そんなことなかったな。

凪は目の前の光景をどう理解していいかわからずに、そのまま引き返したくなった。

これなら、クモの大群が襲ってきて、地球を破壊する映画を見ていた方がよかった。そんな映画があるかどうか知らないけれど。

年配の男に連れられて入ったのは、なんにもない部屋。これだけ広い屋敷だと、使っていない部屋がたくさんある。ここは、そのうちのひとつ。

その中央で、三人が微動だにせずにいる。

一人は大和。もう一人はとても若い男。黒髪で眼鏡をかけていて、一見、普通の人に見える。容姿も体格もすべて普通。もう一人は女性で、よく見るとさっきの写真の人だ。

ああ、あれが利久斗の母親か。

黒髪のショートカットで、美人というわけでもないけれどかわいい感じ。清潔感がある。

あんまり利久斗には似ていない。利久斗は大和に似たんだな、と思う。

そんなこと考えている場合じゃないとわかってはいても、なるべくなら、別のことに目を向けたい。

だって、だって、だって。

若い男は利久斗の母親の肩をぐいっと抱いていて、その首筋にナイフをつきつけている。

大和はその若い男の首筋にナイフをつきつけている。

そんな様子を見せられて、どうすればいいのかわからない。

少しでも動いたら、ナイフをつきつけられている二人が死ぬ。

そのぐらい、きれいに頸動脈にナイフが当たっていた。

大和がそういうことができるのは驚かない。ヤクザだから、とかじゃなくて、冷静にどうやったら人を殺せるのか、それを実践込みで知っていそうだからだ。

若い男はそんなことをしそうに見えないのに、そして、自分の命が危ないというのに、顔色ひとつ変えずに利久斗の母親の頸動脈を狙いつづけている。

すごい度胸だし、その冷静さが怖い。

ああ、そうか。俺は怖いんだ。

この状況が、そして、ここにいなきゃいけないことが怖いんだ。

「おい」

若い男が目線だけを動かして、ぼそり、とそうつぶやく。

「話がちがうぞ。利久斗を連れてこい」

「ぼっちゃんに、こんな場面を見せられません」

俺には見せていいのか！

そう叫びたいのに喉がからからで声なんて出ない。

怖い、怖い、怖い。

若い男のなんの感情もこもってない声も、ナイフをつきつけられているのにまったく焦っていない様子もすべてが怖い。

「凪、ぼくはね、いろんな可能性を探ったって言ったけど、ひとつ忘れてた。ぼくとおんなじ、頭がよすぎて頭がおかしい相手だって可能性をね。まさか、ぼく以外に、そういう人がこの世界に好んで生息するとは思ってなくて。でね、頼みたいことがあるんだ」

大和も大和で、いつもとおなじ穏やかな口調。

二人ともおかしい。絶対におかしい。

そして、何も頼まれたくない。だって、絶対にとんでもないことだ。

「もし、交渉が決裂した場合、利久斗の母親はこの場で亡くなって、ぼくは殺人者となって逮捕される。だれも利久斗の面倒が見られなくなる。だから、ぼくが刑務所を出るまで、利久斗を預かってほしい。凪にしか頼めない」

ああ、そうか。

最悪のことが起これば、利久斗は両親をともに失うこととなる。

一人は永遠に。

一人はしばらくの間。

「そうならないようにしてください」

そんなの利久斗がかわいそうすぎる。

「そうならないようにしたい。でもね、どうもうまくいきそうにないんだ。この彼は…名前はなんだったかな？」

「ヤマダタカシ。タカって呼んでくれていい。周りはみんな、そう呼んでる」

ヤマダか…、山田!?

「利久斗とおなじ名字ですね」

まさか、利久斗と血縁関係にあったり…するわけないか。

「利久斗の叔父さんなんだよ」

「…嘘でしょ」

叔父さんってことは、つまり…。

「彼は自分のお姉さんにナイフをつきつけていて、何かあれば躊躇《ちゅうちょ》せずに殺すんだろうね」

ぞわぞわぞわぞわ。

体中に鳥肌が立った。

「もちろん、殺すよ」

顔色ひとつ変えず、タカと呼ばれている男はそう言った。

逃げたい。

この場から、いますぐ逃げ出したい。

利久斗の母親はどれだけ怖がっているだろう。凪だったら、いまごろ泣きわめいている。

心配になって彼女を見ると、彼女もまた平然としていた。

…え？

凪は隣にいる年配の男を見る。男も特に驚いていない。ただ、どっしりかまえている。

もしかして、おかしいのは俺の方…？

ちがう！　最初に利久斗の部屋にやってきた若い男は動揺していた。

大丈夫かな？　と心配していたけど、心から謝る。

あなたが正しい。こんなの見たら、あそこまで動揺して当然だ。

ここにいる、凪以外の全員がおかしい！

「どうして…」

そこまで言葉にしても、つづきがまったく思いつかない。

どうして、こんな状況になっているのか、それを知りたい。でも、本当に知りたいのか、と自分に問いかけてみると、いや、知らなくていい、知るのが怖い、という本音が見えてくる。

だから、口をつぐんでしまう。

「男女の仲むつまじいカップルが正門から入ってきたんですよ。ああ、まちがえて入ったんだな、と思いました。住宅街に突然現れる古風なたたずまいに、ふらりと引き寄せられる方はときどきいるので」

年配の男が淡々と説明を始めた。

「何かご用ですか？　と声をかけた若い衆に、男の方が、お手洗いを貸していただけませんか？　と丁寧に声をかけてきまして。こんな住宅街にだれもが入れるトイレなんてないですし、うちは義理人情でやってますから。困った人は助けておく、情けは人のためならず、という方針なんです」

へー。すごい親切だ。

「ですので、お手洗いをお貸ししたんですよ。そうしたら、いつの間にか、こんなことになっていました」

「見張りとかつけてなかったんですか？」

「あの男ですよ？」

年配の男がタカを指さした。

「何かできそうに見えないでしょう？　男がトイレに入っている間、女性の方は所在なさげに立っているし、ヤクザに囲まれているのは気の毒だな、と思って、席をはずしたんです。それがまちがいでしたね。つぎからは、いくら害のなさそうな人でも全員追い返します。義理人情が通用しない世の中になりました。嘆かわしいです」

年配の男は、小さくため息をつく。

いやいや、ヤクザの存在だって十分に嘆かわしいから！

「人を見かけで判断するからだよ」

タカがぼそりとつぶやいた。さっきから、とにかく声が小さい。それなのに、何を言っているかは聞こえる。

こういう人は本当に怖い。

ヤクザの本拠地に堂々と乗り込んで、それでもどうにかなると思っている。そんな余裕さが見受けられる。

一生、関わりあいになりたくない。

「ぼくは一目でわかったけどね。おんなじ匂いがした」

大和がいつもどおりののんびりした口調でそう告げた。大和が慌てていないことが、いまは凪の救いになっている。

どうにかなりそうな気がして。

たとえ、こんな状況だったとしても。

「ああ、襲ってきた半グレはこいつなんだな、って」

「え…?」

ヤクザに喧嘩を売るほど頭が悪そうには見えないのに、襲ってきた…?

「というか、利久斗を奪うのに邪魔だから襲ったら、別の仲間がたくさんいて、さすがにいまは無理だと悟って逃げただけらしい」

「つまり、狙いは利久斗?」

最初からずっと？

「そういうこと」

「なんのために？」

利久斗を奪って、いったい何がしたいんだろう。

「門傳組の次期組長の息子がこっちの手に入れば、これから先、いろいろな面で使える。そんなの、利用するに決まってるだろ。それなのに、このバカ女が、息子に何かしたら許さない、とか、わけのわからないことを言いやがって、あろうことか、父親のもとに送りやがった。ホントにさ、女って損得勘定ができないよな」

なんの感情もこもってない声。だけど、利久斗の母親を心から軽蔑《けいべつ》していることが伝わってくる。

ああ、だめだ。ムカムカする。

不快だ。不愉快だ。それを通りこして、怒りすらわく。

利久斗の母親が正しい。タカがまちがっている。

「最初は俺がこの男のところにこいつを送り込んだんだよ。子供ができればラッキーと思って。このバカ女だってさ、俺とおんなじで無茶苦茶な生活をしてきて、ヤクザの跡取りを産むなんていいわね、とか言ってたんだぜ？　それが、いざ妊娠したら、俺から逃げた。

俺がこれからのことを考えて幸福の絶頂にいるときに、逃げ出しやがった。見つけるのに六年かかったよ。子供づれで、まさか、そんなに長く逃げられるとはな」

ああ、そうか。引っ越しを繰り返していたのは大和に見つかりたくないわけじゃなくて、頭のおかしい弟から逃げるためだったんだ。

利久斗の母親は、タカの言うように、昔はとんでもない生活をしていたのかもしれない。そこはタカの一方的な話だから、本当かどうかはわからない。

ただ、大和がヤクザだということ、一晩かぎりの関係でその先はないこと。それを納得して体を重ねた。

それは事実。

それでも、人は変わる。彼女は弟に利用されないために逃げ出した。利久斗と二人きりで、きちんと生活していた。

利久斗があんなに母親を慕っているんだから、愛情たっぷりに育てていたのはまちがいない。

「あたしも、あんたとおなじぐらいには頭が回るからね」

はじめて、利久斗の母親の声を聞いた。

疲れている。

そう思った。

声がかすれているし、言葉に力もない。心配になって様子をうかがうと、何もかもあきらめたような表情をしている。

「むしろ、あんたの方が頭がよかった。だから、二人でやっていけると思ってたんだけどな。残念だよ、お姉さん」

お姉さん、が、ものすごくバカにした言い方で、またもや、怒りがわいてきた。

大事なものは、人それぞれちがう。価値感があわないからといって、見下していいわけじゃない。

「利久斗、すごくいい子です」

我慢できなくなって、そう口にした。利久斗の母親が視線を凪に向ける。

「地球を守るんだって言ってました。ママが宇宙で戦っているから、ぼくは地球を守る、って。だから、宇宙で戦ってください」

「こいつ、なに言ってんの？」

タカが眉間に皺を寄せた。

「おまえは利久斗を連れてくりゃいいんだよ。そんなに利久斗がかわいいなら、母親の死体を見せたくないだろ。ホントにさ、バカばっかでいやになるけど、ナイフで頸動脈を狙ってるぐらいでどうにかなると思うんじゃねえよ。俺は死ぬのはどうでもいい。別に生きてる目的があるわけじゃないし、いつ死んでもかまわない。ただ、生きるんなら、なるべく楽しく生きたいだけで、そのためにそろえるカードは多ければ多いほどいい。門傳組の力を借りれば楽にものごとを進められるなら、そのためのカードは持っておきたいじゃないか。なあ、あんただってそう思うだろ？」

思うわけがない。人間をコマのように扱うなんて、吐き気がする。

「あ、思わないんだ？　やっぱ、人間ってバカばっか。俺ぐらい頭がいいとさ、いろいろ見えちゃうんだよ。ヤクザも半グレもそのうちなくなって、また新しい何かが生まれてくる。でも、あるうちは最大限に利用して、他人の苦しみから生まれた金で遊びまくって、退屈な世の中を少しでも楽しく渡り歩く。俺ら姉弟がそろってたら、それができたはずなんだ。なのに、このバカ女が脅迫状なんて送りやがって、俺らの存在を知らせたもんだから、こっちが有利だったはずなのにオセロの角を取られたみたいになってさ。しばらく隠れていようかと思ってたけど、自分が好きで隠れてるのと、隠れなきゃならないのはちがう。追われるのはごめんだ。だから、ここにやってきた。カードは俺の方が有利だろ。大事な子供の母親が手持ちなんだから」

頭がよすぎて人生が退屈。

それは大和の主張とおんなじ。

でも、大和はこんなふうに自分を過信していない。周りはバカばかり、だとも言わなかった。

大和とタカはちがう。

絶対にちがう。

おんなじなんて、認めたくもない。

「ぼくが、そんな女、勝手に殺せばいい、って言ったら、どうするつもりだったの？」

こんな状況でも、大和はいつもののんびりした声。

本当に安心する。

ここに大和がいてくれてよかった。

「世の中に俺より残酷で薄情なやつがいたんだ、それはそれで楽しい世界だったな、と思いながら死んでいっただろうな。だが、おまえは俺を殺していない。それはつまり、そんな女でも勝手に殺されたら困る、ってことだ。俺は命なんて惜しくないから、いつでも負けていいんだよ。不利な状況でも困らないし、焦らない。とにかく最後まで楽しくいたい、ってだけで、これまでのどんなピンチも乗り越えられちゃってね。どうせ、今回も俺の勝ちなんだから、さっさと利久斗を連れてこい」

「大和さん」

これ以上、タカの話を聞いていたくなくて、凪は大和に声をかけた。

さっきから、吐き気がすごい。純粋な悪意というものを浴びたのははじめてで、体も心も影響を受けている。

「なんだい？」

「俺、あなたのことが好きです」

最悪なことが起こるかもしれない。

そう考えたときに、残ったのはその気持ちだった。

否定をしたかった。

そんなはずがないと思いたかった。

ぼくのことが好きだよね？

自信たっぷりにそんなことを言われたときに、まさか、と鼻で笑いたかった。

だけど、そうじゃない。

どこを好きになったのか、それは全然わからない。

ヤクザだし、次期組長だし、そこは凪のきらいなところ。できれば一生関わり合いになりたくない。

自分のことを頭がいいと言ってはばからない。警察に目をつけられながら悪いことをやりたい。まともに働いても成功できるのに、その道はつまらないからいやだ。

…あれ、いいところある？

でも、でも、でも。

利久斗にはとてもやさしくて、ふいに現れた息子なのにまったくいやそうでもなくて、いつも思いやりを持って接している。それは、凪に対してもそうだし、組員たちに対してもおんなじだ。

だから、組員は大和のことを心から慕っている。

こんな俺を拾ってくれたのが大和さんなんです。

そんな話を何人からか聞いた。

大和はこの世界でしか生きられない人がいるのをわかってて、手を差し伸べている。はみ出し者だと切り捨てるのは簡単。現に、凪は、ヤクザなんて絶対に近づきたくない、と思っているし、この年齢まで出会ったことはなかった。出会おうともしなかった。たとえば道とかを歩いていて、服装とか髪型とかで、あ、やばいな、とわかる相手がいたら、回れ右をしてでも避けていた。だって、目をつけられたくない。

組員たちは、多かれ少なかれ、他人に避けられる経験をしている。大和が言っていたように、そういう感情には敏感だ。

凪だって、最初は警戒されていた。いまも完全に心を許されているとは思っていない。

そんな彼らが、大和には絶大な信頼を置いている。大和さんのためなら死んでもいいです、と言う組員もいた。

ヤクザが必要じゃないという考えは変わらない。

いまだに大っきらいだし、世の中からなくなればいいとも思う。それは半グレに対してもおんなじ。

自分より弱い人を狙って、だまして、お金をまきあげているのは絶対に許せない。

それでも、大和を好きになった。

こんなにヤクザのだめなところばかりが思い浮かぶのに、大和のことは必要だと思っている。

ものすごい矛盾。

でも、正直な気持ち。

「知ってる」

大和がなんにも変わらない、いつもの口調で答えてくれたので、それだけで泣きそうになった。

大丈夫。なんとかなる。

大和の声を聞けば、そう思える。

きっと、ここにいる組員みんながそう考えているんだろう。

この人は上に立つべき人。

ヤクザだろうが、そうじゃなかろうが、自分ですべてを切り開いていく人。

ついていきたい、とそんなことを望んでしまう。

ヤクザなんてきらいなのに。次期組長なんて関わりあいになりたくはないのに。

それでも、自分の人生に大和がいないことがもう考えられない。

ふられたらいいな、と少しだけ考えていた。

好きです、と言ったら、あ、そう、でも、ぼくは好きじゃないんだ、ごめんね、と返されたら、大和をあきらめることができる。

しばらくは悲しくて胸が痛くて泣き暮らすだろう。

そのぐらい、好きだという実感はある。

それでも、いつかはその傷も癒えて、大和じゃないだれかを好きになる。

普通の生活ができる。

凪が送りたいのは普通の生活。波乱万丈《はらんばんじょう》なんてとんでもない。

呼ばれてみたら、二人の人間が他人の頸動脈にナイフをつきつけている光景を見せられるなんて絶対にごめんだ。

人生はうまくいかない。

それでも、大和がこんなに好きだなんて。

「んー、人質をまちがえたかな。自分の息子を産んだだけの女よりも、こんなときに空気を読まずにけなげに告白するバカの方が大事そうだしな。かといって、いまから人質を替えるわけにはいかない。けど、まあ、この女を殺す気もないいんだろうから、人質はどっちでもいいか。ところでさ、そろそろ腕が限界なんだけど。ふとした拍子に動くかもね」

ああ、そうだ。この体勢はいつまでももつわけじゃない。

「ぼくはまだまだ余裕だけど、きみがだめなら、利久斗の母親が死んじゃうんだよね。じゃあ、どうしようか」

「だから、利久斗を連れてきて、俺にくれ。俺の望みはそれだけだ」

「それで？　どうやって逃げるつもり？」

「逃げるもクソも堂々と出ていく。利久斗がいれば手が出せないだろ」

「あのね、すごく基本的なことをはじめて質問するけど、対価もなしに利久斗を差し出すだけの理由はどこにあるの？　ぼくたち、損しかしなくない？」

「もちろん、そうだよ」

タカがバカにしたように鼻で払った。

「損するのがいやなら俺を殺せばいい。殺さないなら、利久斗を差し出す。単純な話じゃないか」

にやりと笑う顔に、吐き気がいっそう増した。

悪意で吐くなんてことが本当にあるんだ。

「二人が死ぬ結末になったときに一生後悔するのって、凪だけか」

大和が困ったような声になる。

「ぼくはまったく後悔しないよ。きみと似たような性格をしているからね。ここにいる水《み》戸《と》も、いくつもの地獄をくぐりぬけてきたから、二人が死のうが特になんとも思わない。でもね、一番傷つけたくない子が悲しむなら、そうはしたくない。えーっと、利久斗のお母さん。名前を忘れてごめんね。あなた、重傷を負ってもいい？」

「あたしがいることで面倒なことになってるんだから、殺してくれていいよ。利久斗とは、きちんとお別れした。もう二度と会えないかもしれないって言って、わかってもらえた。しばらくは寂しいだろうけど、周りに愛情をかけてくれる人たちがたくさんいるから大丈夫。こいつもあたしも生かしてたら、今後、ずっと狙われるよ。利久斗がずっと危険なんだよ。そんなの、あたしが耐えられない。こいつを殺して。そのためなら、あたしが死んでもいい」

ああ、お母さんなんだな、と思った。

自分が死んでもいいから利久斗を危険な目にあわせたくない。

だから。

「大和さん、利久斗のお母さんを死なせないで」

利久斗に会ってほしい。

あのかわいい利久斗が、お母さんと会って喜んでいる姿が見たい。

そして。

「その人も死なせないで。どうにかして。大和さんを信じてる」

許せないぐらいの悪人でも、死ぬところは見たくない。

「とんでもないことを言うやつだなあ」

大和が、くすり、と笑う。

「こいつを生かしておいたら、今後も大変だよ？　あきらめないよ？　それでも、生かしておいてほしい？」

「大和さんに刑務所に行ってほしくないから、生かしておいて。今後が大変じゃなくなるように、あきらめるようにして」

「それは無理だよ、おぼっちゃん」

タカがバカにしたように鼻で笑った。大和の笑い声とはちがい、本当に腹が立つ。

それでも、この男とは会話をしない。絶対にしない。

「俺はあきらめない。命があるかぎり、利久斗を狙う。さあ、どこまで守れるかな？」

「あのさ」

大和がやわらかい口調でタカに語りかけた。

「利久斗をさらわなくても、何か困ったことがあれば普通に協力するけど？」

「は？」

タカが一瞬、表情をゆがめた。

意表をつかれたのだ、とわかる。

ああ、この人にも感情があるんだ。びっくりしたりするんだ。

それだけで、少しほっとした。

「だって、利久斗の叔父さんだしね。損得勘定で動くきみのことだから、無理無謀なことはしない。だったら、別に協力してもいい。ただ、ああ、それは無理だ、っていう案件を持ってきたら、そこは戦争になるけれど」

「バカじゃねえの」

タカの言葉に力がない。あきれているのか、何かを考えているのか、どっちだろう。

「俺がヤクザの口約束を信じるとでも?」

「ヤクザは口約束しかしない。書類なんて、警察に見られたら困るものを残すわけがない。だから、仁義の世界なんだよ。口約束が一番大事で、絶対に守る。それを守らなかったら、ヤクザじゃない。それを知らないわけでもないだろうに」

「俺は口約束なんて信じない」

「あたしが一緒にやるよ」

利久斗の母親の声には、今度は力がこもっている。

「あたしとなら世界を取れると思ったんだよね? だったら、取ろう。あたしとあんたでやっていこう。困ったときは門傳さんにお世話になって、トップを狙おうじゃないか」

「子供は?」

「あの子といると、あたしはただの母親だよ。だから、ここに預けていく。いいよね?」

最後は大和に向けて。

「いいけど、そこはきちんと書類を作らないと、ぼくが人さらいになってしまう。認知して、きみ…名前は?」

「チカコ」

ヤマダチカコ。

「チカコさんに籍を抜けてもらって、ぼくの子供にする。親権はなくなるけど、それでいい？」

「いい。あの子はあたしの弱点だから。だれかに見つからないように逃げるのって、一年が限界なんだってわかった。五年もつづけたのは、ただの意地。もう、おかしくなりそうだった。だから、あたしはあたしの世界に帰る。犯罪者の両親を持った利久斗が気の毒だけど、それにしてはいい子だろ？」

「とてもいい子です」

それだけは自信を持って言える。

「だから、会ってあげてください」

「待った、待った、待った」

タカがぐっと手に力をこめる。

危ない！

そう思うのに、だれも動かない。

「なんだよ、この、すべて解決しました、おしまい、みたいなの。だれも、その条件でいいなんて…」

え…？

目の前で何が起こったのか、理解できない。

気づいたら、チカコが頸動脈につきつけられていたはずのナイフを右手でつかんでいた。

もちろん、手は血だらけ。

「なんだよ、動けんのかよ」

タカが、はあ、とため息をつく。

「あんたが鍛《きた》えてないせいで、さっきから頸動脈を外《はず》れてたからね。あたしだって狙いは外さないよ。さあ、あんたのカードはなくなった。どうする？」

「カードがなくなった俺はどうなる？」

チカコには答えずに、大和にそう聞いてきた。

この状況を終わらせるために、俺はどうなる？

どうなるのか、知りたいような知りたくないような複雑な気持ちだ。

「そうだね。ヤクザの本拠地に乗り込んで、なんにもされないとはさすがに思ってないよね。指の一本とでも言いたいけど、そんなものもらってもどうしようもないし、腕の一本で妥協してあげる。水戸、折って」

「かしこまりました」

水戸がタカに近づいた。タカの首筋には、まだナイフがつきつけられている。

「大和さん」

「それは無理。見たくないなら、ここから出ていっていい」

折らないでほしい。

そう頼もうとしていたわけじゃない。

「ちがいます。あの、悲鳴って利久斗のところまで届きますか？」

「悲鳴はあげないんじゃないかな。もし、悲鳴をあげるなら、ぼくの中でタカの価値が下がる。だって、チカコはナイフを持って血がだらだら流れているのに顔色ひとつ変わっていない」

そうだ！　あれは痛いはず。

「ナイフは離さないんですか？」

「離したら、血がふきでるよ。だから、彼女は握ってるんだ。終わったら、すぐに医者を呼ぶから、もうちょっと我慢して」

「ありがとう。すごく痛い」

チカコは笑った。

かっこいい、と思った。

その表情はすごくかっこいい。

「あの…俺が悲鳴をあげるかも…」

「まあ、凪は一般人だからいいよ。おもしろいな、と思って見てる。ところで、ナイフを外してもいいかい？」

「どうぞ」

この瞬間、タカは条件をのんだことになる。

大和がナイフを外して、水戸がタカの右手を握った。

ボグッ。

そんな音がした。

二度と聞きたくない、残酷な音。

だれも声を出さなかった。タカの顔は青ざめてはいるが、ひとことも発していない。

凪は声を出せなかった。

でも、吐きそう。

本当に吐きそう。

喉元までこみあげてきているものを、なんとか飲み込む。

「凪」

大和が凪をまっすぐに見つめる。

「これが、ぼくの生きている世界だよ。それでも、ぼくが好き？」

「あの…、吐いてきていいですか…？」

こんな状態で返事をしたくない。

大和がきょとんとしたあとで、大きな声で笑った。

「よかった。凪は普通の子だった。ここにいるの、みんな、おかしいからね。トイレにどうぞ。その間に、いろいろ解決しているよ」

凪はお礼も言わずに部屋を出て、近くのトイレに駆け込んだ。浴びた悪意をすべて出すかのようにしばらくトイレにこもってから、また部屋に戻ろうとする。

「ナギー！」

だだだーっ、とすごい足音が近づいてきた。

「利久斗！」

ああ、ほっとする。

地獄のような状況を経験すると、普段の生活が恋しくなるって本当だね。

「どうしたの？　楽しくクモの映画を見ているんじゃなかった？」

俺もクモの映画を見たかったよ。ぎゃーぎゃー言いながら、クモを怖がっていたかった。

「楽しいよ！　まだ途中だから、ナギも一緒に見る？」

…実際に見るとなると、また話は別だ。

地獄は終わったんだし、再びちがう地獄を味わう必要はない気がする。

「いや、ちょっと用があるから…」

ここは逃げておこう。

「ねえねえ、ぼくに会わせたい人がいるんだって？　だあれー！」

「は？」

いやいや、待て待て。まさか、母親に会わせようというんじゃないよな？

ナイフを片手で握ってて、それを離したら血がふきだすんだぞ？　そんな母親を見せられたら、利久斗がかわいそうすぎる。

凪があの部屋に入ったときとおんなじ恐怖を味わうことになる。

そんなことさせられない。

「だれだろー？　ぼくね、宇宙人じゃないかと思うんだ！」

宇宙人の方がよかった。それなら、まだ楽しい気持ちに…なれるか？

普通のときなら母親のがいいに決まってるけど、この状況だとさすがにちょっと。

「ぼっちゃん！」

最初に部屋にやってきた若い男が走ってきた。

「ここにいたんっすか。組長室に行きますよ、って言ったじゃないっすか」

「ここでしょー？　おじちゃんの部屋」

「全然ちがいますよ」

「だって、ナギがいるよ？」

偶然、この部屋に来ただけか。よかった。

いくらなんでも、利久斗にあの部屋の惨状を見せるのはやりすぎだ。

「俺はたまたまいただけだよ。組長の部屋に行こうか」

「はーい！」

利久斗が手をあげる。

元気でいいね。

利久斗と話しているとほっとする。さっきまで緊張の連続だったから、よけいに。

「宇宙人に会うためなら、ぼくはどこまでも行くよ！」

組長の部屋でいいんだってば。

そして、会えるのは宇宙人じゃない。

でも、宇宙人よりも利久斗は喜ぶはず。

「利久斗、手をつなご」

「いいよー！」

利久斗の小さくてやわらかい手をぎゅっと握ったら、その温かい感触に涙がこぼれそうになった。

悪夢は去った。これが現実。

大丈夫。もう怖いことは起こらない。

少なくとも今日中は。

あ、そうか、解決したんだ。

安堵のあまり、凪はその場に崩れ落ちそうになる。

半グレの件も、利久斗の母親の件も、どっちもおしまい。今日でベビーシッターが終わる。

よかった。ヤクザとの縁も…切れるのかな？　切れないよね。

だって、ここには凪が恋をした人がいる。

利久斗を送っていったら、大和と話さないと。

そのあとは、どうなるんだろう。

楽しみなような、怖いような、そんな複雑な気持ち。

8

「おじちゃーん！　宇宙人に会わせてー！」

利久斗がすごい勢いでふすまを開けた。

「利久斗！」

そこには右手に包帯を巻いた利久斗の母親がいた。

うわー、痛そう。というか、こんな短時間でよく処置ができたね。有能な医者が常駐してるのかな。まあ、ヤクザだしね。何があっても不思議じゃない。

「ママ！」

利久斗が凪の手を振り払って、母親に飛びつく。

「ママ、宇宙人を連れてきたの!?」

「何を言ってるの？」

「だって、宇宙人に会えるんだよ、ぼく」

あー、平和な光景でいい。さっきまでのことを考えたら、ここは天国だ。

「すごい人が待ってるんだって！　だったら、宇宙人だよね？」

「あー、宇宙人は帰っちゃったよ。利久斗が遅いから」

「うそー！」

利久斗ががっくりとその場にへたりこんだ。

「ぼくが道に迷ってたからか…」

「そうね。迷わなければ会えたのに」

「ママは会ったの？　どんなだった？」

「えっと…」

二人が楽しそうに話しているのを微笑ましく思いながら、凪は退散することにした。

ママに会えてよかったね、と心から思う。これから先、利久斗がどうなるのかはわからない。それは大和と彼女が話し合って決めればいい。

いまは、それよりも大事なことがある。

あとは組長にまかせよう。

凪は音を立てないようにふすまを開けて、組長に一礼してから部屋を辞した。

さて、大和はどこだろう。

「あ、俺の部屋かも」

なんとなく、そこで待っている気がする。

凪は小走りで自分の部屋に向かった。

何を話せばいいのか、どうすればいいのか、それはよくわからない。

だけど、会いたい。

大和に会いたい。

自分の部屋に着いて、ふすまを開けた。

「おかえり」

大和はやっぱりそこにいて、笑顔で凪を迎えてくれる。

それだけで、涙がこぼれそうになった。

「ただいまです」

そう言ったら、胸がほわんとなる。

ここが自分の帰る場所。

そんなふうに思えてくる。

「大丈夫？　具合が悪くなったんだよね？」

ああ、そういえばそうだった。

「大丈夫です。利久斗が癒してくれました」

悪意に対抗するのは、利久斗のような天使の存在。いつも天使ではないけれど、それでもかわいい。

「あの子は本当に天使だよね。悪魔のときもあるけど、いてくれるだけでいい」

「ここにいるんですか？」

「そうなるよね。このあと、きちんと手続きを取るけれど、彼女は合意したよ。利久斗はぼくの籍に入れて、彼女とは無関係になる。その方が利久斗が安全だからね」

「そうなんですね。でも、タカって人が襲ってこないなら、チカコさんが育ててもいいと思うんですけど」

利久斗が大和の子供だってだれも知らないなら、特に危険はない。そして、タカは自分だけが使える情報を他言しないだろう。

「タカみたいな子は、何か起きたら平気で利久斗を使うと思うよ」

ああ、なるほど。たしかに、そうかもしれない。

「だから、ここでみんなに見守られながら、すくすく育つのがいいと思う。彼女の方も、小学校にあがったら一年ごとに住居を変えるのも容易ではないし、逃げ回るのに疲れたし、普通に働くのはしんどいと言ってた。まあね、その気持ちはよくわかる」

ぜんっぜんわかんないよ！　普通に働いた方がよくないい!?

「普通に働いて稼ぐのって、効率が悪すぎるんだよね。いったん、楽に稼ぐ方法を知ってしまうと、そこに戻るのはむずかしい。ぼくが生きているのは、そういう世界だよ。それでもいい？」

これは、あの部屋でのつづき。

「それでもよくないです」

凪の正直な気持ちを告げると、そうなる。

「俺は普通に生きて、普通に暮らして、普通に就職するつもりですよ。それなのに、ヤクザとつきあうなんて正気の沙汰《さた》じゃないと思ってます」

これもまた、本音。

それでも。

「だけど、大和さんが好きなんです。ヤクザと関わらない生活を送るという自分の信条をねじ曲げてもいいぐらい、大和さんに恋をしているんです。大和さんに、ヤクザをやめてください、とは言いません。だから、ぼくはぼくで好きに生きて、ヤクザとはなるべく関わらない生活をしながら、あなたと恋をしたいです。それは可能ですか？」

「さあ、どうだろう」

大和は、うーん、と考え込んだ。

「どこまで関わらないでいたいのかがわからないよね。だって、ぼくはヤクザだよ？　ぼくとつきあうなら、ヤクザと関わらないって無理じゃない？」

「大和さんは我慢します」

「我慢された！」

大和がくすくす笑っている。大和の笑顔を見ていると、凪もおなじように笑顔になる。好きなんだなあ、と思う。

この人のことが好き。

「組長は？」

「組長さんは…、そんなにいやな人じゃないですよね。あいさつをするぐらいなら平気です」

「組員は？　全員を遠ざけるとなると、うちに来ることはできなくなる。外でしか会えないけど、ぼくに護衛はつくよ。あと、警察もたまについてくるかもね」

デートに警察同伴もいやだし、護衛もいやだ。

だったら、ここで自由にしている方がいい。もう迷うことはないし、部屋はたくさんあるからだれにも邪魔されない。この部屋を使わせてもらうこともできそうだ。

それに、組員さんたちもいやな人じゃない。凪の方が年下なのに、利久斗のベビーシッターだから、と尊重もしてくれている。

どうしよう。個人のことを考えると、関わり合いになりたくないという強い気持ちはまったくない。

それでも、ヤクザと関わることは抵抗がある。

だって、反社会的勢力だよ？　善良な市民としては避けたい。

「保留にします」

まだおつきあいすら始まっていなくて、これからどうなっていくのかわからない。ヤクザに対する嫌悪感が消えるかもしれない。逆に、拒否する気持ちが強くなるかもしれない。

それは、時間がたたないとわからない。

「そうだね。そこは保留にしておこう。あとは、つきあうって性欲を伴うからセックスするけど、それはいいの？」

「それはいいです」

大和に恋をしているのか、どうか。

そう考えたときに、判断材料にしたのはセックスだった。

大和とセックスができるのか。

自分にそう問いかけて、残念なことに、できるし、したい、という答えが返ってきた。

できない、なら、ただのあこがれですんだのに。

「じゃあ、いまからセックスしていい？」

「いまからですか？　利久斗がここに来ません？」

「なんのために母親と会わせたと思ってる？」

大和がいたずらっぽく笑った。

「一時間ほどある。その間にぼくはセックスがしたい。凪が、もうちょっと待ってほしい、と言うなら待つけど、どうする？」

どうする？

凪は自分の胸に手を当てた。

答えなんて、ひとつしかない。

「します」

そう、大和とセックスしたい。

「でも、俺、はじめてなんでやさしくしてください」

「了解」

細かいことは聞いてこない。

そういうところが、一緒にいて心地いい。

「じゃあ、ベッドにいきますか」

大和が手を差し出してきた。凪はためらわずに、その手を取る。

今日から、この人が恋人。

そう考えると、胸がきゅんとした。

嬉しい。

幸せ。


キスをされて、凪はぎゅっと手を握りこんだ。

これからセックスをする。

それは幸せとともに、ちょっとした恐怖もひきおこす。

はじめてなんだから、怖くてもしょうがない。

大和がそっと凪を押し倒した。

「大丈夫?」

「大丈夫だと思います」

「そっか。怖かったら言うんだよ」

「言わないです。怖いよりも嬉しい方が大きいですから。大和さんが好きです」

「ぼくも、凪のことが好きだよ」

大和が微笑む。

「ぼくはね、だれかを好きになる予定なんてなかった。だって、好きな人ができるとそこがウイークポイントになるから。何かが起こったときに冷静に判断しなければいけないのに、好きな人、という要素が入るとおかしくなる。でも、利久斗がやってきて、ぼくは、あの子のことを大好きになった。息子だからというのもあるけれど、かわいくてしょうがない。利久斗のためなら、なんでもするだろう。そういう生き方もありかもしれない、と考えていたところに、凪がやってきた。きらきらしていて、素直でかわいくて、ヤクザがきらいなのに組員のことはちゃんと個人として見てくれる。そういうフラットさが、とても好ましかった。ヤクザをやっていると、当たり前だけど、他人の悪意を浴びまくるからね。もちろん、こっちが悪いよ。反社会的勢力なんだから。それでも、人間じゃない、みたいな扱われ方は傷つくよね」

大和が凪の頬に触れた。

「あ、ぼくは傷つかないよ。他人なんてどうでもいいと思っているから。そうじゃなくて、うちの組員が。ぼくが真っ先に守らなくてはならない人たちが。だから、いくら凪がいい子で、ぼくの好みだろうと、組員にひどい態度を取るなら好きにはならなかった。ヤクザはきらい。でも、それとは別としてこの人たちはちゃんと感情もある。それを区別するのって、実はむずかしいんだよ。凪のそこに魅かれた。凪はぼくでいいの？」

嬉しい。

ちゃんと凪を見てくれて、好きになってくれた。

本当に本当に嬉しい。

「大和さんじゃなきゃ、いやなんです。ヤクザなんていう、自分の一番きらいなものをやっていてもあきらめられないぐらい、大和さんが好きです。どこが、と聞かれたら、ものすごく自信過剰なところですかね」

ぼくは頭がいい。

そう言い切る大和を好きになった。

どうしてなのか、自分でもわからない。

ただ、大好き。

「過剰じゃないよ。相応の自信を抱いているだけ。ぼくは、できないことをできるとは言わない。できると言ったらできる。頭がいいと言ったら、頭がいい。凪が好きだと言ったら、好き。ヤクザだけど、とても正直だよ。嘘はつかない」

「人をだますときは?」

「それは仕事だから、嘘をつきまくるよ。普段は嘘をつかない。凪といるときは、全部本音だと思ってくれていい」

「わかりました」

凪もそれは感じていた。

この人はこんなにも正直でヤクザの世界で生きていけるんだろうか、と。

だけど、タカの腕を折らせて、それを見ても顔色ひとつ変えないのを見て、ああ、この世界でしか生きていけない人なんだ、と思った。

あの場所にいた人たちは、この世界でしか生きていけない。

凪はどうにか踏みとどまっていたけれど、できれば、逃げたかった。大和の世界を知るためにあの場にいただけだ。

ヤクザとはどういうものなのかを確認して、自分の心を痛めつけて、それでも大和への気持ちが変わらなかった。

つまりは、本物だ。

「俺は嘘をつくのが上手じゃないし、必要がないかぎりはつきたくないので、ほぼ本音です」

「うん。嘘はわかるし、本音もわかる。ぼく、そういうののプロだよ？」

「え？」

プロってどういうこと？

「人をだますのって、他人の感情を読まないと無理。ぼくは無意識のうちに人の感情を読みすぎているところがあって、それで、他人にうんざりもしているんだけど、凪といると癒されるんだよね。利久斗もだけど、素直で嘘がない。二人とも、ぼくの大事な宝物。脱がしていい？」

急に話題が変わって、思わず笑った。

「確認作業は終わったんですか？」

「確認というか、凪のことが大好き、これからは恋人としてつきあいたい、どういうところが好きなのかというとこういうところだよ、って説明しないと、気持ちは伝わらないからね。ぼくがちゃんと凪のことを好きだとわかってもらわないと、セックスしちゃいけない気がして。これもまた、はじめての感情だ。恋をするっておもしろいね」

興味深そうに言うから、ますます笑ってしまう。

「こういう感想は失礼かな？」

「いいえ。大和さんとは考え方がちがいすぎて、俺もおもしろいです。洋服を脱がしていいですよ。それとも、自分で脱ぎましょうか?」

「そうだね。おたがいに脱ごうか。脱がすのは、また今度の楽しみに」

にこっと笑われて、やっぱり、顔がいいな、と思う。いくら見ても、見飽きない。

「じゃあ、脱ぎます」

凪は寝転んだまま、すばやく洋服を脱いだ。こういうのは得意だ。いちいち起きて着替えるのがめんどくさくて、ベッドの中で洋服を脱ぎ着することは、だれでもあるんじゃないだろうか。

大和が薄手のセーターを脱ぐ姿を見て、どきり、とした。きれいな筋肉のついた体に見とれてしまう。

ああ、そういう意味でこの人が好きなんだな。

何度でも気づかされる。

「脱ぎ方に情緒がない」

大和が笑った。

「早く脱ぐぞ選手権みたい」

「もっと情緒があった方がいいですか?」

たしかに、いかにすばやく脱ぐかを考えていた。

「ううん、いい。そういうところもおもしろい。凪といると、ああ、楽しいな、って心から思える。凪のことが本当に好きだよ」

何度も何度も、好き、と言われて、そのたびに幸せな気持ちになる。

嬉しい。

二人とも裸になった。当たり前だけど、おたがいに男性で体つきは似ていて、見慣れたものがついている。

女の子のふわふわした体とはちがう。

それでもいいいんだろうか。凪はいいけど、大和は大丈夫なんだろうか。

その不安は、すぐに消えた。

だって、大和のペニスが半勃《はんだ》ちになっている。

それは、欲情しているということ。

「よかった…」

ぽつんとつぶやいたら、大和はすぐにわかってくれたのか、くすりと笑った。

「凪はそういう意味でぼくを好きじゃないの？」

いたずらっぽくペニスを指さされる。凪のペニスが変化していないからだ。

「そういう意味で好きですけど、緊張してるんです」

「そうだね。緊張しているのが手にとるようにわかる。大丈夫だよ。凪がそのままでも、最後までするから」

「はい、お願いします」

「え、いいの？」

大和が驚いたように凪を見た。

「ひどいじゃないですか！　って抗議されるものだと」

「経験がないので、どうなるかまったくわからないんです。このままかもしれないですけど、でも、大和さんにしてほしい。なので、俺の状態にはかまわず、最後までしてください」

「凪はけなげでかわいくて愛しいね」

大和が凪のまぶたにキスをくれる。

「凪の状態がどうだろうとやりたいことをやるような人なら、凪にふさわしくないよ。もっと、自分を大事にしなさい」

頬を撫でられて、泣きそうになった。

やっぱり、大和はやさしい。

「一緒に高めあって、気持ちよくなろう。時間はたっぷり…はないけど、まあ、それで終わらなかったらつぎに持ち越せばいい。ぼくだって、恋をした人とセックスするのははじめてなんだし、どうせなら、いい思い出にしたい。だから、凪が緊張したままだったら、無理にはしないよ。それでいい？」

「はい、嬉しいです」

自分を大事にしてないわけじゃない。大和とセックスがしたいだけ。

でも、こうやって大事にしてもらえると嬉しいし、もっともっと大和のことが好きになる。

「よかった」

大和がにっこりと笑う。

「セックスは楽しいものだからね。凪にもそう感じてほしい。じゃあ、するね」

大和が凪に覆いかぶさってきた。

あったかい。

そのことに心がほんわりとする。

大和の唇が重なって、ちゅっ、ちゅっ、と吸うだけのキスを繰り返した。凪の唇が思わず開いたところで、大和の舌が入ってくる。

舌を絡めあわせて、こすりあわせて、くすぐるように動かして。

キスだけで体が熱くなっていく。

ちゅく、と唾液《だえき》の音が聞こえてきて、ああ、キスをしてるんだなあ、と嬉しくなった。

存分にキスをしてから、大和が舌を抜く。つーっ、と唾液が糸を引いた。

「どう？」

「気持ちいいです…」

うっとりするぐらい、気持ちいい。

「それはよかった。凪の体を触っていくね」

「あの…」

凪は大和を見上げる。

「言わなくていいです…」

「え、そう？　歯医者とかだと、何をされるか説明された方が安心できない？　あんなにたくさんの器具を使うし、口の中は見えないし、言われないと怖いよね？」

歯医者はたしかにそうだ。黙ったままだと、何をするんだろう、と不安になる。

でも、これはちがう。

「したことはなくても知識はあるので、何をされるかはわかっているつもりです。だから…、あの…、恥ずかしいんで、あんまり言われたくないです…」

「かわいい」

大和が目を細めた。

「凪はいつでもかわいいね。じゃあ、何をしているのか不安になったら聞いて？」

「はい」

「ちなみに、乳首触るから」

「大和さん！」

わざとですよね！

「真っ赤になってる。本当にかわいい」

大和がくすりと笑って、凪の胸に手を当てる。

「あっ…」

それだけで、びくり、と体が震えた。

「どきどきしてるね」

「してます…」

「ぼくもだよ。ほら」

大和が凪の手をとって、自分の胸に当てさせる。

ホントだ。心臓が脈打ってる。

「好きな子とセックスするのって、こんなに緊張するんだな、って思ってる。ぼくでもそうなんだから、凪は無理にどうにかしようとがんばらなくていいよ。ぼくががんばるね」

「大和さんが、ホントに好きです…」

やさしい言葉に涙がぽつりとこぼれた。

「ぼくも凪が好きだよ」

大和が舌で涙をぬぐってくれる。

「かわいい」

そのまま唇をずらされて、ちゅっとキスをされた。それだけで幸せな気持ちになる。

「触るよ」

大和の指が凪の乳首に触れた。

「んっ…」

びりっ、と電気が走ったような感覚になる。

そのまま擦られて、びくっ、と跳ねた。

「どう?」

「わかりませ…っ…」

快感なのかどうなのか、自分でもよくわからない。

いやじゃない。

それは絶対に。

「そっか。わかんないか。ぼくは楽しいよ」

もう片方の乳首にも指が当てられて、ゆっくりと上下に動かされる。

「あっ…あぁ…っ…」

凪の体がのけぞった。

「いいみたいだね」

大和が凪の乳首をきゅっとつまんだ。軽く引っ張られて、そのまま左右に回される。

「やぁ…っ…」

凪はぶんぶんと首を振った。

「いやじゃないでしょ？」

左の乳首から指を離されて、ちゅっと吸われる。

「はぅ…っ…」

指とはちがう温かい感触に凪はぎゅっと手を握り込んだ。

大和の舌が凪の乳首を丁寧に舐めていく。ちろちろと舌を震わされて、凪の体が何度か跳ねた。

指で、ピン、ピン、と乳首を弾かれる。きゅん、と乳首の奥の方がうずいて、ぷつんととがるのが自分でもわかった。

「凪、よかったね」

大和が乳首を甘噛みしながら、そうささやく。

「ひゃ…ん…っ…何が…っ…」

「勃ってる」

ストレートにとんでもないことを言われて、凪は真っ赤になった。

「言わないで…っ…」

「だって、心配してたから。気持ちよくなってくれて、ぼくも嬉しい」

指と舌で同時に乳首を引っ張られて、そのまま離されて。それを繰り返されるうちに、じんじんとした快感が強くなっていく。

「大和さっ…なんか…変…っ…！」

「イキそう？」

凪は首を横に振った。さすがに、これだけではイケない。でも、なんか変。うずうずする。

「じゃあ、気持ちよさが増したのかな。ちょっと触るね」

空いている手でペニスをふんわりとつかまれた。

「ひ…ぃ…ん…っ…」

凪は大きくのけぞる。

さすがにペニスを直接触られると快感の度合いもかなりちがう。

すごくすごく気持ちいい。

「あ、ぬるぬるしてる」

先端をいじられて、びくん、と太腿が震えた。

「どう?」

「気持ち…いいです…っ…あっ…そんなにしたら…っ…」

大和がペニスを擦り始める。乳首を吸ったりつまんだりするのも再開された。

「だめ…っ…やっ…」

ぬちゅぬちゅ、とペニスが濡れた音を立てる。先端を指で刺激されながら全体をしごかれて、頭が真っ白になっていく。

「だめ…です…っ…あっ…イキ…そ…っ…」

「イッていいよ。一回イッておいた方が、たぶん、凪も気持ちが楽になる。ちがったら、ごめんね」

ピンととがりきった乳首を舌でふるふると揺らされて、指でくりくりと回された。乳首とペニスを同時に愛撫されて、もうどうしたらいいのかわからない。

ペニスを擦る手が速くなってきた。濡れた音も大きくなる。

びくん、びくん、と体が跳ねっぱなし。我慢しようとするのに、どんどん追いつめられていく。

ペニスの先端を撫でさすられて、下から上、上から下、と大和の手が動いた。

気持ちよすぎる…。

自慰《じい》をするときとはちがい、自分の意思など関係なく快感がつぎつぎと襲ってくる。

無理…。

もう、無理。

「あっ…あぁ…っ…イク…イク…っ…！」

凪は体をそらしつつ、叫びながら果てた。どろり、としたものが、ペニスからこぼれる。

「いい子」

大和がちゅっと乳首を吸った。それだけで、体が、ぶるり、と震える。

はあはあ、と荒く息をついていたら、大和の唇があがってきて、凪の唇にもキスをくれた。凪はぎゅっと大和にしがみつく。

「どうしたの？」

「俺…みっともなくなかったですか…？」

だれかの前でイッたのはもちろん、はじめてで。自分がどうなっていたのかもわからない。

「かわいかったよ」

「ホントに？」

「ホント。嘘はつかないって言ったよね？　それに、みっともなくてもいいんだよ。セックスしているところなんて、おたがいしか見ないんだから。ぼくの方がみっともないかもよ？」

「それは想像できません」

大和はいつだってかっこいい。

「そう？」

「大和さんは俺より大人で、余裕があって、冷静ですから。いつも素敵です…、って、恥ずかしい。なに言ってるんだろ」

「ありがとう。嬉しいよ。凪のそういう素直なところがかわいくてたまらない。もっと進めていい？」

「あ、はい」

凪は腕を離した。

「やさしくするけど、だめだったら本当に言っていいからね」

「だめじゃないです。大丈夫です」

「したことないからわからないでしょ。無理しないの。絶対に。凪が気持ちよくなってくれないと、ぼくもつらいよ？」

「さっきまでのは…あの…、すごく気持ちよかったです」

そう告げたら、大和がすごく嬉しそうに笑った。

「よかった」

ああ、大和はちゃんと凪のことを考えてくれてるんだ。

その表情と口調でわかって、とてもとても幸せな気持ちになる。

好きな人に大切にされているのは嬉しい。

「じゃあ、するね」

大和がそっと凪の足を広げた。

「…っ…」

それだけで恥ずかしさが襲ってくる。これからは、もっといろいろされるのに。

「大丈夫？」

「はい」

恥ずかしいけど、いやじゃない。むしろ、もっとしてほしい。

知らなかった。自分にこんな欲望があることを。

大和の手が太腿の内側を這う。くすぐったさと同時に、ぞわぞわとした感覚が襲ってきた。

嫌悪感じゃない。これは、快感だ。

だんだんと手が上に滑って、凪の奥まった部分に迫ってきた。

どくん、どくん、どくん。

心臓が脈打っている。

「触るよ」

大和がそう宣言してから、凪の入り口に指を当てた。

「ん…っ…」

凪の体が、びくん、と跳ねる。

「あ、すごい。ひくひくしてる」

「うそ…だ…っ…！」

まさか、そんなふうになるなんて。自覚はまったくない。

「嘘じゃないよ。よかった。凪がちゃんと感じててくれて」

大和があんまりにも嬉しそうだから、だったらいいか、と思った。

大和が嬉しいなら、凪も嬉しい。

入り口を何度か擦られて、そのたびに凪の体が震える。

これが快感なんだろうか。たぶん、そうだと思う。さっきとはまたちがった感覚だけれど、まぎれもなく快感。

「入れるね」

大和が指をそっと中に潜りこませた。まるでこわれものを扱うかのようにずっとやさしくされていて、なんだか涙が出そうになる。

この人に大事にされている。

そのことを、言葉よりも雄弁に態度が物語っている。

つぷん、と音をさせながら、指がどんどん中に入ってきた。ちょっとした違和感はある。

当たり前だ。そのための器官じゃないんだから。

それでも、もっとしてほしい。

大和が欲しい。

「痛い？」

「だい…じょぶ…です…」

「ホントに？」

「ホント…ですよ…？」

「変な感じ？」

「はい…んんっ…」

内壁をぐっと押されて、凪の体が跳ねた。

「嘘はついてなかったね」

大和がにっこりと笑う。

「嘘は…つかないです…あぁ…っ…」

またちがう箇所を押されて、凪の体がのけぞった。

「うん、知ってる。知ってるけど、気を使うってことはあるから。そうじゃなくて、凪がちゃんと正直に言ってくれるのが嬉しい」

「俺も…大和さんが…嘘つかないの…嬉しいです…」

こうやって、気持ちを交流させていけるのが幸せ。

セックスって体だけの問題じゃないんだ。

そのことが徐々にわかってくる。

心もきちんと通わせている。

「よかった。おたがいが嬉しいなら、それが一番だよね」

大和は凪の内壁を探るかのように、いろんなところを押さえていく。

「何を…あっ…あぁぁ…っ…！」

びくびくっ、と体が震えた。これまでに感じたことのないものが体中を襲ってくる。

これは…なに…？

「ここか」

大和がそこをぐっとこすった。

「だめっ…！」

体がそって、そのまま、またベッドに落ちる。

「男性には内部にとっても気持ちのいい部分があってね。そこを刺激すると、だれでもすぐにイってしまう。凪をこのままイカせることもできるけど、さすがに二回も出しちゃうと体力的に大変だしね。また今度、ここを中心に気持ちよくしてあげるよ」

「また今度…っ…」

その、今度、があることが嬉しい。

さっきから、嬉しい、ばっかり思ってる。

「そう、今度」

大和がそこを離して、指を抜き差しし始めた。くちゅり、と濡れた音がする。

「中がやわらかくなって、指が動かしやすくなった。どう？」

「わかんな…っ…です…っ…はぅ…っ…」

また気持ちいい部分に触れられた。

「まだ、そんなでもないかな」

「大和さ…っ…あの…っ…」

凪は大和の手をつかむ。

「何？」

大和に見つめられて、しばらくためらってから、凪はようやく唇を開いた。

「入れて…くださ…っ…」

恥ずかしい！

恥ずかしいけど、それが凪の望んでいること。

やさしい大和は、凪が気持ちよくなるまで入れてはくれないんだろう。だけど、もう限界だった。
自分だけが気持ちよくしてもらわなくてもいい。
大和と一緒に気持ちよくなりたい。
「だめだよ、そんなことを簡単に言ったら」
大和が微笑む。
「簡単じゃ…ないです…っ…」
口にするのに、どれだけ勇気がいったか。
これを言うとあきれられるんじゃないか。いやがられるんじゃないか。
だから、すぐに言葉が出てこなかったのだ。
だけど、それが本心だから。
本当にしたいことだから。
どうにか口にした。
だから、簡単じゃない。
簡単なんかじゃない。
「だったら」
大和が凪にキスをくれた。

「入れてもいい？　正直、我慢の限界だった」

「大和さんも…？」

したかった？

「凪とセックスしたいって言い出したのは、ぼくだよ。気持ちよくなってくればいい、と思っているのは嘘じゃない。嘘じゃないけど、ぼくも凪と一緒に気持ちよくなりたい」

「嬉しいです…！」

大和もおんなじように思ってくれていた。

もう、それだけでいい。

「ぼくも嬉しい。じゃあ、そうさせてもらおう」

大和が指をやさしく抜いた。

「痛いと思うよ」

「それでもいいです。痛みよりも幸せの方が強いと思いますから」

「どうしよう」

大和が困った表情になる。

「え…、俺、何か…」

「愛しいが二種類ある。利久斗に対するものとはちがう愛しさが、さっきからずっとこみあげてきている。だれかを好きになるって、本当にすごいね。ぼくの知らない感情を教えてくれる。凪を好きになってよかった」

「俺も、です」

嬉しくて泣いてしまいそうだ。

「かわいい。大好きだよ」

やさしいキスが降りてきて、視界がゆがむ。

「泣かないで？」

「嬉し泣きです…」

「わかってるけど、泣かないで？」

「無理なことを言わないでください…」

それでも、大和の顔を見ていたくて涙をぬぐった。

「嬉しくて泣くとか、俺も知りませんでした。大和さんといると、新しい感情をたくさん教えてもらえそうです」

「おたがいにいろいろ知っていけたらいいね」

頬を撫でられて、凪も大和の頬に手を当てる。

あったかい。ここにいる。

それだけですべてが満たされる。

「入れるね」

大和が指で凪の入り口を左右に開いた。そこにペニスの先端が当てられる。

熱い。

そう思う。

大和のペニスが熱い。

「なるべく力を入れないで、深呼吸とかするといいかもしれない。いくよ」

ぐっ、とペニスが中に入ってきた。指とはまったくちがう大きさと圧迫感に、息をとめてしまいそうになる。

だけど、なんとか深呼吸をして体の力を抜いてみた。

「うん、上手」

大和が言葉とキスでほめてくれる。

「痛い？」

「そんなには…っ…」

痛みがまったくないわけではないけれど、こうやってつながれたことの方が嬉しい。

「そうか。よかった」

大和がまた奥に進めてくる。

慎重に少しずつ、凪の中に埋め込んでくる。

「ん…っ…あっ…はぁ…っ…ん…」

不思議なことに、大和のペニスが入ってくるにつれて痛みがなくなってきた。最初が一番痛くて、どんどんそれが消えていく。

「大和さ…っ…」

「痛い？　ごめんね」

大和が申し訳なさそうな表情になる。

「ちがいま…っ…気持ちいいです…っ…あぁん…っ…」

「え、そうなんだ」

大和の表情がぱっと晴れた。

「よかった。凪が気持ちいいなら、それが嬉しい」

「俺も…嬉しいです…っ…」

大和がすべてを埋め込んだ。自然と手をつないで、こつん、と額を合わせる。

「入ったよ」

「はい…」

「動いていい？」
「もちろんです」
摩擦しないとイケない。
そんなの、わかってる。
そして、そうしてほしい。
大和がゆっくりとペニスを抜き差し始めた。
少し違和感はある。痛みはほとんどない。
幸せな気持ちは胸いっぱいにある。
それでいい。
ぐちゅ、ぐちゅ、と濡れた音がして、凪はもっともっと幸せになる。
大和とセックスをしている。
そのことを実感できるから。
ゆっくりした動きのまま、長い時間をかけて、大和が絶頂へと向かっていく。
もっとして。
何度もそう頼んだ。
だけど、速度は変わらなかった。

どれだけ大切にされているんだろう。

そのことで、また泣きそうになる。

でも、泣きたくない。

大和を見ていたい。

「イク…」

大和が小さくそう告げて、凪の中に欲望の証を注いだとき、これまで感じたことがないほどの幸福で全身が満たされた。凪も自然に達する。

あまりの気持ちよさに脳がしびれている感じがする。

これは体の快感じゃなくて、脳の快感なのだろう。

凪は大和に抱きついて、キスをねだる。大和がすぐにキスをくれた。

「幸せです」

そう言葉にしたら、また涙がこぼれる。

「ぼくも幸せ」

そのまましばらく抱き合って、大和がやわらかくなったペニスを抜いた。

「いつまでもこうやっていたいけど、ぼくたちには幼い怪獣がいるから」

「正直、途中で邪魔されるかと思いました」

凪は笑う。

「ぼくも。でも、されなかった。奇跡だね」

「利久斗なりに気を使ったのかもしれませんね」

「ないない。利久斗だもん」

「そうですね。利久斗ですからね」

二人で顔を見合わせて微笑み合う。

「お風呂でざっと汗を流して、利久斗の強襲に備えるかな」

「そうしましょう」

「色気もなんにもなくてごめんね」

「たくさんの幸せをもらったので、色気なんてなくていいです」

「子供がいる家庭でのセックスって、こんななのかな?」

「どうなんでしょうね。これからわかっていくんじゃないですか。何度か邪魔されたりして」

「何度もしてくれるの?」

大和がいたずらっぽく笑った。

「もちろんです」

「よかった。ぼくも何度もしたいと思ってた。さ、いこう」

大和がベッドから降りて、凪の手を引く。

「はい。いきましょう」

さすがにいろいろとお風呂場で流さないとまずい。

手をつないだまま、裸でお風呂場に向かう。

お風呂が近くにあってよかった。

そう思いながら。


「あー、お風呂に入ってるー！」

ドタドタと騒がしい音とともに、利久斗がお風呂場に飛び込んできた。

「探したんだよ！」

「今日は寒いからね。お風呂で温まってた」

大和がさらりとそんなことを言う。

さすがだ。

「じゃあ、ぼくも入るー！」

「いいよ、入ろう。でも、洋服を脱いでからね」

「はーい」

五歳児は素直にお返事をして、その場で洋服を脱ぎ始めた。

脱衣所って知ってる？　隣にあるよ？

まあ、いいけどね。

凪は浴槽から出て、利久斗が脱いだ洋服を脱衣所に置いた。こういうことがささっとできるようになったのも、ベビーシッターをしてよかったと思う。

「どうだった？」

利久斗が勢い込んで浴槽に入ろうとするのをとめて、まずは体を流しながら、大和がそう聞いた。

「何が？」

「ママと楽しくお話したよね？」

「楽しかった！　ママね、やっぱり、宇宙で悪人と戦ってるんだって！　宇宙人も連れてきてくれたのに、ぼくが遅く行ったから間に合わなかったの…。ショックだよ！」

途中で部屋を出たから知らなかったけど、結局、宇宙人を連れてきたことにしたのか。

さすが、あの人。ぶっとんでる。

「ひさしぶりに地球に戻ってきたんだって！　すぐにまた宇宙に飛んでいくらしいよ。いっぱい悪人がいて忙しいんだって。だからね、またいつか会おうね！　って約束してきた」

悪人は本人だけどね。警察につかまらないことだけを願っておく。

利久斗の母親が選んだ道に賛成はできない。それは、大和がヤクザであることがどうしても許せないのとおんなじだ。

それでも、利久斗の母親の利久斗への愛情は本物だと思っているし、大和が好きだという気持ちも変わらない。

この矛盾を抱えてやっていけるのか、不安はある。

あるけれども、いまは大和のそばにいたいし、利久斗はかわいくてしょうがない。

「春休み中、ベビーシッターをやりますね」

ぽろっと、そんな言葉がこぼれた。

「そう言ってくれると思ってた」

「えー、ナギ、ずっといてくれるの！　嬉しい！」

大和と利久斗が喜んでくれる。

春休みが終わるまで、まだまだ長い時間がある。その間に自分の心を見つめて、それに正直にいたい。

その間にできれば、折り合いをつけたい。
「よーし、入るよー！」
利久斗が浴槽に飛びこんだ。その利久斗を大和が抱き寄せる。
よかったね。これから、ちゃんと親子だね。
その中に凪もいたい。
それだけは本当の気持ち。
いつか、家族になれたらいい。
それが、遠い未来の話だとしても。

早く逃げたい。
そう考えていたはずなのに、つかまってしまった。
それを後悔しているのか、まだわからない。
だけど、大好きで大好きでたまらない人がいる。
大切でかわいい子もいる。
だから、向き合ってみよう。

この世界に。
自分に嘘はつかないままで。

あとがき

はじめまして、または、こんにちは。森本《もりもと》あきです。

ひさしぶりのセシルさんですね。今回ははじめてヤクザものを書きました！　結構長い作家生活でいろいろなものを書かせていただいているのですが、まだまだ『初の』というのがあるのが、とてもありがたいです。楽しんで書いたので、楽しんで読んでいただけると嬉しいです。

さて、ＳＮＳのお話でも。

公式ツイッターと公式ｎｏｔｅをやってます！　わー、ドンドンパフパフ！

去年の二十五周年にあわせて始めてみたものの、宣伝をしっかりしていないからか、時勢に乗り遅れたのか、はたまた、私の人気がないせいか、まったくフォロワーが増えないらしく、真面目に宣伝をしなさい、と管理人さんに怒られたので、宣伝、宣伝。

私は運営にまったく関わっていず、いまいち把握していないのですが、『森本あき』で検索したら出てくると思いますので、よろしくお願いします。一度だけ検索したら、森本あきって結構いて、へー、と思いました。自分だけだと思っていた（なぜだ）。よく考えなくても、ありがちな名前ですからね。いらっしゃいますよね、たくさん。その中でいかにも私の公式っぽいのがアカウントです（わかるかっ！）。ここでアカウントを載せればいいんですけど、それもまったく把握していないので、ぜひ探してみてください。ツイッターの方は出る本やら配信やらの情報をお伝えしています。たまに、私のつぶやきも見れるような気がします。

noteの方は過去作の一覧と配信先、私の思い出メッセージが随時更新される予定です。この思い出メッセージがですね、実際に出した本を一切見ないままやーろーうっと！　だって、それがおもしろいでしょ！　とうきうき決めて、そのとおりにしているんですけどね。百冊以上本を出していて、二十五年以上活動しているので、まー、過去作を覚えてないこと。タイトル見て、なにこれ…？　な日々を送っております。でもね、タイトル、すっごくいいのばっかりなので！　そして、私はタイトルの話しかしていないので！　そういうのが好きな方がいらっしゃれば、のぞいてみてください。きっと、おもしろいよ！　たまに覚えてるものがあると、真面目に語っているような、気がしなくもない…（自信はない）。なぜ見ないでやろうと思った、過去の私、ネタ切れ感がハンパないぞ、と思うものの、途中から本を見て書くのはなー、とそこはなぜか頑固な私がダメだしをするので、このままでいきます。全部書き終わったら、昔、同人誌で出した自分の本の解説を並べて出してもらおうと思っているので（そっちはちゃんと読み直しながら書いた、まともな解説です）、比べていただくのもおもしろいかと。とはいえ、現時点でまだ半分も書いてないので、ゆっくりやっていきます。

ほかにもｎｏｔｅには日記のようなものも載せています。私のあとがきが好きだ、むしろ、本文は好きじゃない、あとがきだけが好きだ、という方がいらっしゃれば、日記もおもしろいんじゃないかと。すごい長文を書いてたりしますので。あ、そうそう、あとがきだけが好きな方も、本は買っていただけるとありがたいです。

フォロワーが増えたら、サイン本プレセントとかもやるそうです。なので、サイン本が欲しいという奇特な方！　ぜひ、アカウントを見つけて（めんどくさすぎだろう）、フォローしてください。よろしくお願いします。

はー、ちゃんと宣伝した（どこがだ）。

これでフォロワーが増えるといいな（絶望的な気がする）。


それでは、恒例、感謝のお時間です。

挿絵ははじめましての鈴倉《すずくら》先生！　とてもかわいい絵で、ものすごく癒されました。また機会があれば、ぜひ！　ご一緒したいです。

担当さんには、本当にいつもお世話になっています。この長い年月を支えてくださっている各社担当さんには頭があがりません。本の内容でお返しできればな、と考えているのですが、さて、どうでしょうか。今後ともよろしくお願いします。

つぎはどこかで何かが出ます！　そのときに、またお会いしましょう

セシル文庫をお買い上げいただき、ありがとうございます。
この本を読んでのご意見・ご感想・ファンレターをお待ちしております。

☆あて先☆
〒154-0002　東京都世田谷区下馬6-15-4
コスミック出版　セシル編集部
「森本あき先生」「鈴倉 温先生」または「感想」「お問い合わせ」係
→Eメールでも OK！ cecil@cosmicpub.jp

セシル文庫

極道《ごくどう》のベビーシッターなんてゴメンです!

2023年5月1日　初版発行

【著者】　森本《もりもと》あき
【発行人】　相澤　晃
【発行】　株式会社コスミック出版
〒154-0002　東京都世田谷区下馬 6-15-4
【お問い合わせ】　- 営業部 -　TEL 03(5432)7084　FAX 03(5432)7088
- 編集部 -　TEL 03(5432)7086　FAX 03(5432)7090
【ホームページ】　http://www.cosmicpub.com/
【振替口座】　00110-8-611382
【印刷／製本】　中央精版印刷株式会社

乱丁・落丁本は、小社へ直接お送り下さい。郵送料小社負担にてお取り替え致します。
定価はカバーに表示してあります。

ISBN978-4-7747-6468-9 C0193